Jean-Paul Dubois

ÉLOGE
DU GAUCHER

ESSAI

Éditions de l'Olivi

La première édition de ce livre a paru
aux éditions Robert Laffont en 1986 sous le titre
Éloge du gaucher dans un monde manchot.

TEXTE INTÉGRAL

ISBN 978-2-7578-0721-7
(ISBN 2-221-05025-8, 1re publication)

© Éditions de l'Olivier, 2005

A Claire, gauchère.
A Didier, droitier.

Tous mes remerciements à Marie-Laure Tourlourat
pour son précieux travail de recherche.

« ... Si l'on pouvait vivre à mi-chemin
entre ses deux mains, sans jamais avoir à choisir,
vieillir serait un jeu d'enfant... »

DEUX MAINS, LA GAUCHE

Je me souviens du salon. Des autres pièces aussi d'ailleurs, mais j'ai toujours préféré le salon. Peut-être parce que les dames y portaient des talons et les hommes, la contradiction. Oui, je me souviens très bien du salon. Le matin, le soleil y entrait par les grandes fenêtres et en sortait le soir par la porte après avoir passé l'après-midi à user la couleur des fauteuils. C'est comme cela que l'on savait que la journée était écoulée et qu'en principe le plus dur était fait.

Il y avait un piano au fond, avec posées dessus une boîte de bonbons et des fleurs coupées dans un vase ébréché. Et puis ma photo à côté. Glissée dans un cadre de verre ouvragé. J'avais là-dessus une tête de con réjoui, épanoui, mais de con tout de même. En fait, on ne m'avait pas placé là par hasard. Car les invités sont ainsi faits que, se laissant aller à la tentation d'une friandise, ils se croient tous obligés de tourner une petite phrase pour dissimuler leur gourmandise. C'est là que j'intervenais. J'étais sur la trajectoire de leur désir, inévitable, fatal, obligatoire. Comme ils n'avaient guère d'imagination et que mon portrait les dévisageait au moment où ils fourraient leurs doigts dans les chocolats, il leur était impossible de ne pas s'écrier :

« Mon Dieu, comme il a l'air éveillé et vivant, il est si mignon.

C'est le moment que ma mère attendait pour répliquer en baissant les yeux et se passant la main dans les cheveux :

– Oui, mais le pauvre est gaucher. »

A cet instant le monde basculait, les fleurs ultramarines regrettaient les tropiques, les chocolats, la Suisse, plus personne n'avait le cœur aux douceurs et chacun allait alors se rasseoir pour davantage en savoir. Les regards étaient éplorés et l'on parlait bas en employant des mots robustes et compliqués. Ensuite on me souriait avec cette sorte de compassion que l'on témoigne aux infirmes. C'est ainsi que je découvris que j'étais atteint plus sérieusement qu'il n'y paraissait et qu'en tout cas ma maladie inspirait le respect.

Tout cela parce que je n'avais pas pris la vie du bon côté. Car à l'époque la vie avait un sens. Un sens giratoire où il n'était bien sûr d'autre choix que de tourner en rond, mais ensemble et dans l'ordre. Parfois on croisait un type légèrement esseulé, essayant de ne pas se faire remarquer, qui gravitait à l'envers et avançait d'un pas compté sur le mauvais bord. On se disait alors que c'était un invalide, un gaucher ou un Anglais, ce qui revient à peu près au même. Si j'avais su tout cela, à bien y réfléchir, je crois que quand même j'aurais choisi d'être britannique. Avec des taches de rousseur. Au moins là, les choses auraient été claires. Mon goût immodéré pour l'insularité, mes shorts trop larges et mes vues trop étroites auraient amusé le Continent. J'aurais aimé le gazon, les roses en boutons, le bourbon, les moutons, l'aviron, le tabac blond et les voitures qui font de l'huile. J'aurais célébré la reine, le climat humide, les gâteaux secs et, tout bien considéré, avec une certaine distinction mais aussi une réelle ostentation, le monde entier aurais emmerdé.

Au lieu de cela, je fus pris en commisération, éduqué, rééduqué et, par-dessus tout, contrarié. On fit de moi un être sommaire et soumis, mangeant à midi et sachant dire merci. Au commencement, je n'étais pas grand-chose. Par la suite, je fus si inexistant que certains me crurent déjà mort. Je me souviens même d'avoir parlé de moi au passé. Un instant j'ai songé à en rester là. Je devais avoir six ou sept ans et il pleuvait. Comme l'année d'avant. Je regardais par la fenêtre la couleur du ciel et j'avais le sentiment qu'il ne fallait pas aller plus loin, que le seul moyen d'en sortir était d'entrer en moi-même, d'y demeurer ainsi toute une vie, sans grandir, sans choisir, en m'appliquant seulement à vieillir en silence et en paix sans que cela se remarque, à mi-chemin entre mes deux mains. Et puis de temps en temps les observer s'ennuyer, se résigner et rider chacune séparément. Elles ne m'auraient servi à rien. Sauf peut-être lorsque, à la fin, quelqu'un me les aurait jointes pour faire croire que j'étais parti en paix. Il pleuvrait comme tous les ans et, couché sur ce lit clos, j'aurais encore les yeux d'un enfant.

Très vite cependant, je compris que je devais m'y prendre autrement, parce que, dans le fond, je n'ai toujours voulu que le bonheur de mes parents. Et donc je suivis le traitement. La rééducation se révéla très vite efficace au point qu'en l'espace de quelques mois je devins bègue. Avec un talent incroyable et jusque-là insoupçonné. Avec une application sans faille, une remarquable persévérance. Mon langage me ressemblait. Il n'était ni fait ni à faire. En conséquence, je me découvris une passion pour le silence. J'esquivais les goûters, les anniversaires, les fêtes de fin d'année, les questions embarrassantes et les réponses toutes faites. Je ne vivais pas, j'évitais. A part ça, ma main droite fonctionnait à merveille et j'en étais si fier que, dans la rue, je marchais en la mettant dans ma poche. Avec ma langue. Ensuite, petit à petit, et parce que cela est quand même plus pratique, j'entrepris de récupérer l'usage normal de ma bouche. Je mastiquais les mots comme on mâche un chewing-gum. Jusqu'à ce qu'ils n'aient plus le moindre goût. Je travaillais quand mes parents étaient sortis et uniquement lorsque je me retrouvais seul dans l'appartement. Mes exercices étaient très simples. Ils consistaient à déclamer, seulement vêtu d'un imperméable, des phrases bourrées de consonnes. Je sus que j'étais guéri le jour où, sans respirer, et d'une seule traite, je parvins à gueuler à la face du monde et devant la cloison des voisins : « La thématique théiste est la thérapie du thaumaturge tangent et tâtonnant, terrorisé par la tentaculaire tentation de la tarte tatin. » C'était, vous en conviendrez, une bien belle performance.

Du coup, vieillir devint un jeu d'enfant. Ma main gauche se résigna à son inutilité et se mit à pendre comme une branche morte. Je l'aurais perdue à l'automne que je ne m'en serais même pas aperçu. Elle était répudiée comme une vieille femme, presque en exil à l'autre bout du bras. Puis, comme toujours, au fil du temps, ces positions s'atténuèrent. J'ignore laquelle des deux tendit la première la main à l'autre. Ce dont je suis sûr, c'est que peu à peu elles se rapprochèrent. Parfois chacune restait à traîner dans sa poche. Quelquefois aussi je les surprenais serrées l'une contre l'autre à faire des projets, à rêver de rebâtir le monde ou du moins d'en réaménager quelques espaces. Aujourd'hui, elles sont si proches, si semblables que j'ai parfois moi-même du mal à les différencier. J'aime assez les regarder s'affairer, rentrer le soir pleines de graisse ou sortir la nuit pleines de grâce, ouvrir les persiennes ou fermer des yeux, lâcher la rampe, se rattraper aux branches et au couchant, sous des lampes de verre, s'endormir contre de la peau, de la chair rassurante au point de ne pas douter que demain soit un autre jour.

L'histoire pourrait s'arrêter là. Et nous nous serions tout juste effleurés. Seulement voilà. Dans mon existence, j'ai remarqué que j'attirais trois choses : les moustiques, les ennuis et les gauchers, ce qui, bien évalué, revient d'ailleurs à peu près au même. La plupart de mes amis et de mes proches en sont et il faut bien faire avec. Eux ne m'ont jamais pardonné, pour la plupart, de ne pas avoir choisi un camp, de cohabiter avec mes deux mains, de ne pas avoir déclaré une préférence et de me complaire dans l'ambivalence. Ce sont des gauchers militants, arrogants, contrariants et touchants. Par ailleurs quand ils vous tiennent ils ne vous lâchent pas. Je pourrais dire que j'écris donc sous la contrainte. C'est beaucoup plus complexe. A l'image de cette phrase du poète Tardieu : « Considérez votre main gauche et devinez à qui elle appartient. »

1.

La voiture filait sur le freeway.
C'était une vieille Mercury
Brougham...

La voiture filait sur le *freeway*. C'était une vieille Mercury Brougham. Elle sentait l'huile et le poulet frit. Il y avait des taches sur la banquette arrière et de la musique dans le poste. Il faisait nuit. Une nuit américaine avec des types dans des voitures, des filles dans des bars, des téléviseurs dans des chambres et des corps sous d'autres corps qui transpiraient leur glaçage de Coppertone. L'homme m'avait dit de prendre la 405, de passer Rosecrans, Sepulveda et de sortir à Jefferson. Ensuite, il suffisait de poursuivre jusqu'à la mer. La maison était en bois peint, au bord de la plage. « C'est facile à trouver, avait dit le type, il y a toujours un peu de vent. » La maison était en réalité un bar. Un bar fatigué avec de la rouille aux commissures des lèvres et du sang bleu pâle dans les veines de ses néons. Il avait cependant un joli nom : *Out of America*. Et c'est vrai qu'ici on avait le sentiment d'être presque sorti du territoire. Surtout quand on tournait les yeux vers l'océan. L'endroit était bien tel qu'on me l'avait décrit. Moite. Derrière le comptoir, le serveur faisait du café en transpirant et, dans le poste de télévision posé parmi les bouteilles, le speaker donnait la température toutes les dix minutes. L'odeur était lourde, et semblait suinter des murs. Assise à une table une fille jouait avec des mégots en rêvant sans doute de cabin-cruiser. Elle avait des cheveux jaunes, collés, et une robe rouge décolletée. Elle attendait peut-être quelqu'un.

Je n'avais aucune raison d'être là. Et pourtant je m'y trouvais bien. Sans doute parce qu'il ne s'y passait rien. Alors je me suis assis. J'ai pensé à tout un tas de choses sans importance et à la voiture qui me regardait à travers la vitre. J'ai toujours aimé les voitures qui faisaient attention à moi. Celle-ci ne me quittait jamais des yeux. Sans doute parce qu'elle était très vieille et qu'elle avait peur que je l'abandonne une nuit, comme ça, sur un parking. Sous elle, elle perdait son huile. Et moi, j'en remettais. Je levais le capot et j'en remettais. Chaque fois j'avais le sentiment de la prolonger, de lui donner un supplément de vie. Elle était dans un tel état que personne d'autre que moi n'aurait fait cela.

« Vous voulez boire quoi? » C'était le barman qui attendait pour la commande. Il s'épongeait le front avec le chiffon dont il se servait pour essuyer les tables. Je ne savais pas ce que je voulais boire. Je n'avais pas soif. Je n'étais pas là pour me rafraîchir mais seulement pour passer un bout de temps dans cet endroit dont on m'avait dit qu'il existait à peine. J'ai toujours eu du goût pour les êtres ou les choses en bout de course. Je les trouve plus indulgents. Ce bar et ce barman suintant étaient vraiment hors jeu. Il aurait suffi d'une vague un peu plus forte que les autres pour qu'ils quittent la terre. Personne ne l'aurait même remarqué. Sauf peut-être la fille aux poils collés, et encore. Je n'avais pas soif. Alors j'ai pris un soda.

Celui qui m'avait indiqué ce bar détestait les hommes. Les femmes aussi d'ailleurs. Alors il vivait seul avec son téléviseur et son climatiseur. De temps à autre, il venait ici voir à quoi ressemblait un barman qui transpire, une fille qui attend et un parking désert. Oui, il venait là pour ça. Et à chaque fois il repartait déçu.

« Vous voulez tailler ? » C'était encore le barman. Il me demandait si je voulais tailler. A priori je n'étais pas contre sauf que je n'avais pas la moindre idée de ce qu'il voulait dire.

« Tailler, reprit-il. Tailler les cartes, faire un poker... Je vous propose ça parce que je vois que vous avez pas l'air occupé. Quand les clients sont occupés, ça non, je leur propose jamais de tailler. »

Son visage lessivé par la sueur avait quelque chose d'implorant. On sentait vraiment que le bonhomme avait envie de prendre de l'exercice. Il s'assit devant moi et posa les cartes.

« Ça tombe bien que vous soyez d'accord, ajouta-t-il, ce soir j'avais envie de tailler. »

La fille aux mégots fumait. Le barman jeta un œil vers elle et ajouta :

« On peut y aller, je la connais, c'est pas une emmerdeuse. Mais pour tailler, y a que les hommes.

Vous voyez, jamais je pourrais tailler avec une fille.
A vous de faire. »

J'ai donc fait, en regardant le type qui me regardait faire. Et soudain sa gueule s'est décomposée.

« Arrêtez. C'est pas possible, je peux pas jouer avec vous.

– Pourquoi?

– C'est pas possible. Je peux pas jouer avec quelqu'un qui taille de la main gauche. Vous êtes gaucher?

– Pas du tout, mais aux cartes je donne de la main gauche.

– Alors je peux pas tailler. »

A ce moment-là j'aurais eu toutes les raisons de lui en vouloir et cependant il me faisait plutôt de la peine tant son visage avait du mal à contenir toute la frayeur qui glissait sous sa peau. La fille en rouge s'était approchée. Elle tenait un cendrier à la main. Le barman se leva, ramassa le jeu et s'excusa encore.

« J'ai rien contre vous en particulier. Ce serait plutôt contre les gens comme vous. Aux cartes les gens qui taillent de la gauche c'est le diable. Un jour, j'ai joué contre le diable. C'est pour ça que je me suis retrouvé ici. J'ai tout perdu. Celui qui donnait avait une main froide comme la mort, une main faite pour tout prendre, une main qui ne vous laisse rien.

– C'est vrai, dit la fille, y peut pas tailler avec vous. »

Ensuite, lentement chacun revint à sa place.

L'homme derrière son bar, la femme devant ses mégots. Sur le parking, une dernière fois, j'ai regardé l'enseigne, *Out of America*. Je crois que la mer montait. La Mercury fit un joli bruit et démarra comme si de rien n'était.

Le lendemain, il faisait jour. La chaleur ramollissait les chairs et les trottoirs. Dans la rue, il n'y avait personne. Sauf un type qui balayait son devant de porte. Je crois bien qu'il y avait aussi des mouches. Le reste du monde semblait occupé ailleurs. Toute la journée, j'ai traîné. Le soir, j'ai mis du linge frais et je suis remonté dans la Brougham. Je n'ai pas tout de suite mis le contact. J'ai joué un moment avec les stries du volant et le cercle métallique du klaxon. En démarrant j'ai regardé le voyant d'huile. Il était allumé. J'ai pensé que pourtant j'en avais mis hier soir.

Humphrey m'avait dit : « Viens dîner à la maison. Prends la 405, passe Rosecrans, Sepulveda et sors à Inglewood. Ensuite direction Crenshaw et Slawson. » La baraque était paraît-il pêche et rose, je ne pouvais pas me tromper.

C'était donc un dîner. Un dîner entre amis. Avec des verres et des couverts, des hommes et de la viande, des femmes et du champagne. Il y avait de la musique pour plantes vertes, des conversations pour vernis à ongle et des rires pour rire. Il devait y avoir une vingtaine de personnes et je n'avais aucune raison d'être parmi elles. Tous ces gens avaient l'air d'être en bonne santé, devaient manger diététique, fuir le sucre, aimer Paul Anka, avoir un vélo, deux réfrigérateurs et trois enfants. Je me souviens qu'ils ont longtemps parlé des Dodgers en disant que l'équipe était cuite et qu'elle n'avait aucune chance de se qualifier pour les *play-off*. Quelqu'un a même ajouté : « Ce ne serait pas dramatique si cela ne donnait pas une image déplorable de Los Angeles. » J'écoutais ça en pensant à la Brougham et au fait qu'elle allait bientôt mourir. En attendant, tout à l'heure c'est elle qui me tirerait d'ici. Son odeur me manquait. Plus ça allait, plus j'avais envie d'être près d'elle.

Quelqu'un a dit que l'on pouvait passer à table. J'étais assis au côté d'une fille qui sentait la fraise. Elle parlait la bouche pleine. Parfois je voyais ses dents. Il lui en manquait. Elle avalait la nourriture sans pratiquement la mastiquer. Je n'aimais pas la voir manger. A un moment je lui ai demandé si elle connaissait *Out of America*. Elle m'a dit que non. Je n'avais plus rien à lui dire. C'est alors que j'ai regardé ses mains. Elle était gauchère. Et son voisin aussi. Et tous les autres. Tous. Sans exception. Je me suis tourné vers Humphrey :

« C'est un dîner de gauchers ?

– Exactement. Une fois par mois on se réunit tous ici pour prendre un repas ensemble. En français, on pourrait appeler cela le souper de l'amicale des gauchers d'Inglewood. Si tu remarques bien, tu verras que tous les couverts de table sont des ustensiles pour gauchers. Achetés pour une part à Londres, pour une autre ici. Tu n'as pas vu que les bords

24

coupants des couteaux étaient inversés ? Ce sont des petites attentions qui sont essentielles entre nous.

— Tu connais *Out of America* ? j'ai dit.

— Non. C'est quoi ?

— C'est rien. »

A côté de nous, un type parlait fort et de temps à autre tapait sur la table avec le plat de la main. Il sentait le poisson lavé de frais. Mon copain reprit :

« Tu vois pour l'instant on n'est pas très nombreux, mais bientôt on espère se faire connaître et surtout reconnaître comme toutes les autres minorités de la ville. Jusqu'à former — pourquoi pas — un groupe de pression. »

Notre voisin maintenant riait. Il riait un peu comme on pisse. Avec à la fin un petit frisson de satisfaction.

Sur la 405 il y avait du monde. Pourtant il était tard. Je suis sorti à Jefferson. J'avais encore sur moi l'odeur de fraise de la fille. Quand j'ai garé la Mercury sur le parking, j'ai observé un moment la lassitude du néon bleu. OUT F AME I A. Ça ne voulait rien dire. Quand je suis entré le type au bar réchauffait du café. Il a fait celui qui ne me connaissait pas. Je lui ai demandé une tasse. La fille en rouge s'était lavé la tête. De sa table, elle m'a fait un petit signe de la main. Un moment j'ai regardé la télé. Puis j'ai payé et je suis sorti.

Ce n'est qu'une année plus tard que j'ai commencé à voir clair dans ces deux nuits. Tout s'est organisé avec un peu de cohérence dans mon esprit. Le « tailleur » et le dîneur. C'était en hiver à Londres.

25

Vers le fond d'Oxford Street il y a une rue de trois fois rien, une rue qui pourrait aussi bien être une impasse. Tout au bout il y a un petit magasin à la devanture laquée bleu marine. C'est là que tout a commencé. C'est devant cette boutique presque conventionnelle que m'est revenue l'image du visage effrayé du barman. S'il avait été là, il aurait reculé devant l'enfer qu'aurait évoqué pour lui cette enseigne : *Anything Left-Handed*. C'est ici que s'approvisionnent tous les tailleurs gauchers du monde. C'est ici que l'on trouve, entre autres choses, des cartes marquées aux quatre coins. C'est sans doute d'ici que partiront un jour les hordes de gauchers en fusion. Tout est d'ores et déjà prévu. A commencer par l'affiche de leur mobilisation générale : « Premier coup de feu dans le conflit opposant les gauchers aux droitiers. » Évidemment c'est le gaucher qui dégaine et tire avant son adversaire. Je pense que la conflagration a déjà débuté. Bien sûr pour l'instant on s'en tient à un discours de reconquête douce. Simon Langford a même écrit : *The Left-Handed Book* ou comment se débrouiller dans un monde de droitiers. Mais cela n'est rien. Il faut lire les choses derrière les choses, deviner la guerre sanglante sous la revendication sanglotante. Pour moi, maintenant, tout est clair. A Londres, je me suis fait passer pour un membre de la famille. Ça a mis la vendeuse d'*Anything* en confiance et elle s'est mise à parler. « On fait des envois dans le monde entier. Aussi bien des ciseaux, des couteaux, des ouvre-boîtes que des ouvrages pour la couture ou des cours de guitare pour gauchers. Les gens viennent aussi nous voir pour parler. Ici on est tous gauchers. » Petit à petit, le monde s'est réorganisé, insensiblement, de l'intérieur. N'étant pratiquement plus contrariés, les gauchers se sont reproduits entre eux ou par scissiparité. Du coup, l'industrie et le commerce se tournent vers cette minorité en multipliant les objets à leur convenance : boomerangs, règles, mètres souples, pendules, outils de jardinage, calepins, stylographes, etc. Je suis pour ma part très serein en observant tout cela. Il est vrai que je fais encore un petit peu partie de la famille. Mais si vous êtes de l'autre clan et si vous voulez vous faire peur, alors imaginez la pendule que diffuse *Tout pour le gaucher*. Une pendule qui semble remonter le temps. Qui tourne dans le sens inverse des aiguilles d'une montre. Oui, si vous voulez ressentir l'angoisse du « tailleur » de *Out of America,* songez à cette pendule. Tout est là. Tout est dit et contenu dans ce symbole. Commencent pour vous des heures difficiles. Eux se reconnaîtront entre eux. Ils ont déjà quelques signes distinctifs : leur cravate avec ce slogan discret : « Vous avez le droit d'être gaucher. » Mais ils possèdent bien d'autres choses encore : des tracts, des affiches, une idéologie, des livres, des outils, des armes, des magasins, des bases, des clubs, des associations, des taupes infiltrées dans le sport, le spectacle, les sciences, la politique, l'Église. Ils ont déjà gagné et vous l'ignorez. Pourtant leur vengeance sera terrible et proportionnelle aux humiliations et aux souffrances qu'ils ont subies pendant des siècles et des siècles.

En quittant Londres au volant d'une voiture de louage insipide, j'ai remarqué qu'il commençait à neiger. J'ai alors songé à la Mercury. J'ai pensé que là où elle était elle n'avait pas froid. Elle était rangée dans un cimetière de voitures, pas loin de Jefferson. Elle m'avait lâché, d'un coup, en montant une petite côte. Je crois qu'elle ne s'est aperçue de rien. Je crois qu'elle n'a pas souffert.

2.

Maintenant il faut revenir en arrière, réfléchir aux temps anciens, repasser les images du film de l'existence...

Maintenant il faut revenir en arrière, réfléchir aux temps anciens, repasser les images du film insignifiant de l'existence. Et puis noter, tout noter, voir et revoir chaque geste, qui a conduit à la situation qu'il va falloir aujourd'hui affronter. Toute révolte n'est que l'aboutissement d'une longue douleur. Le revers glacé d'un mépris latent implicite ou difficilement contenu. Depuis que le monde se regarde dans la glace, il sait que son reflet ne le quitte pas des yeux, qu'il lui renvoie à l'envers l'image de ses propres insuffisances et de ses rides. Et c'est peut-être pour combattre cette réalité déplaisante, dévalorisante qu'il s'en prend au gaucher, ce contraire, cet homme inversé. A bien y réfléchir, dans le fond, le gaucher c'est ce type qui, tous les matins, dans le miroir nous dit : « Tu as vu ce que tu es devenu? Tu as vu ton visage et ces taches brunes sur tes mains? Débranche le rasoir et viens avec moi de l'autre côté de la glace. Les choses y sont infiniment plus simples, plus faciles. Ici ton seul devoir est de regarder les autres dans les yeux et de leur dire sans bouger les lèvres : " Vous avez vu ce que vous êtes devenus, vous avez vu vos visages et ces taches brunes sur vos mains? " »

Oui, maintenant, il faut remonter le temps, écouter les histoires de ces gens qui vivent derrière la vitre pour savoir à quoi ressemblent leurs jours.

C'est arrivé dans le sud de la France. Dans une ville qui n'avait pas de port, mais dont le caractère était si exotique que l'on se prenait à regretter qu'elle ne fût pas traversée par des bateaux de fort tonnage. C'était au temps où, dans les coteries, René Coty avait la cote. Ce midi-là, le père lisait le journal et la mère regardait l'enfant. C'était un enfant sans qualité particulière, ni défaut majeur. Il avait le plus souvent un regard de vieux et, comme il ne riait jamais, le père l'avait surnommé Buster Keaton. Et donc, ce jour-là, pour grandir, puisqu'il le faut bien, l'enfant mangeait. En utilisant les couverts de table de sa main gauche. Comme à chaque fois la mère l'avait observé et repris avec une infinie douceur en lui répétant toujours la même phrase : « Non, mon chéri, pas comme ça, sers-toi de ta jolie main. » La jolie main, c'était l'autre, la droite. Durant des années, par la grâce d'une mutuelle patience, les choses se passèrent ainsi. Le père, avec son journal; la mère, avec son obstination et le fils, avec son application. Jusqu'au jour où Buster fut totalement pénétré de l'idée qu'il avait tout intérêt à faire évoluer sa jolie main dans le monde. Du coup, il en profita aussi pour apprendre à sourire. Ensuite, il connut le destin classique du gaucher contrarié, même s'il s'était habitué dans sa jeunesse à s'entendre réprimander avec semblable aménité.

Bien plus tard, la vie avait changé. Le père ne lisait plus le journal et la mère se contentait de regarder l'enfant en silence. Un soir de visite, à table, alors que la conversation traînait dans les cartons des souvenirs, celui-ci dit à sa mère : « J'y ai souvent pensé, pourquoi as-tu voulu absolument que je sois droitier? »

La mère eut un instant de saisissement. Elle avait toujours su qu'un jour ou l'autre elle devrait répondre à cette question.

« Je ne sais plus vraiment. C'est si loin tout ça. Mais je crois qu'à l'époque il me semblait qu'un gaucher avait quelque chose d'un infirme. Lorsque nous allions à la messe et que tu te signais de la main gauche, j'avais l'impression que tout le monde nous regardait et j'avais honte. » Buster Keaton contempla la nuit passer devant la fenêtre et la chaise vide du père. Il y avait si longtemps qu'il n'avait pas souri qu'il n'essaya même pas de peur de se tromper. Et simplement la vie était passée.

C'est arrivé dans le sud de la France. Un matin de vacances. Il ne faisait pas très chaud et la petite fille pédalait sur son vélo de dame. Dans sa tête, il y avait encore des pensées toutes fraîches à peine sorties du lit. Elle allait au village acheter un timbre-poste au bureau de tabac. L'air était à cette heure rigoureusement propre. L'enfant posa son cadre col de cygne contre le mur et entra dans le magasin. Elle paya ce qu'elle devait, puis, un peu à l'écart, avec son écriture de bébé, se mit à rédiger le nom et l'adresse du destinataire sur l'enveloppe. Il n'y avait pas longtemps qu'elle savait faire cela seule. Aussi y apportait-elle toute son attention. C'est alors que, la voyant ainsi procéder, une autre cliente lui dit : « Mon Dieu! ma petite, mais tu es gauchère. Tu sais, ma fille l'est aussi, et c'est pour ça qu'elle a raté toutes ses études. C'est le docteur qui me l'a dit. Mais c'est pas grave, ça veut rien dire, toi, si tu travailles beaucoup, tu pourras peut-être t'en sortir. »

L'enfant ne répondit rien et remonta sur son vélo. Le chemin du retour lui parut bien plus long, bien plus difficile que celui de l'aller. Peut-être parce que l'air était déjà sali. Peut-être aussi parce que son cœur était plus lourd. En arrivant à la maison elle demanda à sa mère : « Maman, on peut guérir d'être gauchère? » Et elle en fit une maladie.

Ces histoires insignifiantes qui existent à peine dans un bout de mémoire n'arrivent pas uniquement dans le sud de la France. En fouillant adroitement dans les secrets de famille, vous découvrirez toujours qu'il y traîne une mésaventure de gaucher. Celle d'un type qui boitait de la main. Et dont la vie fut un discret et perpétuel martyre. Un calvaire personnalisé aux mesures de chacun. Un calvaire qui diffère selon les caractères. La Bruyère et les entomologistes ont ceci de commun qu'ils aiment épingler les êtres et les insectes sous verre. L'espace de quelques pages, nous allons procéder de même en dressant une liste catégorielle de gauchers tels qu'il nous a été donné de les observer dans le laboratoire de nos jours. D'un point de vue épistémologique, cette étude satisfera les plus exigeants. Elle a été menée sur un échantillon représentatif de nos idées, ce qui est bien suffisant.

LE GAUCHER : « VOUS REPRENDREZ BIEN DES PETITS
    LÉGUMES. »

Celui-ci est un mondain gourmet. Tantôt jouisseur, tantôt nostalgique. S'il multiplie les assauts de courtoisie c'est pour en faire oublier d'autres bien plus redoutables. La première fois que j'ai rencontré Michel c'était il y a longtemps lors d'un repas aux longueurs accablantes. Il était assis à côté de moi. C'était un type aimable, d'agréable compagnie et fort mince, ce qui ne gâte rien. A un moment, je lui ai offert une cigarette. Il l'a refusée en me disant : « Merci beaucoup mais j'ai cessé de fumer. Maintenant je pétune. » Qui se méfierait d'un type qui de nos jours avoue pétuner? De surcroît fort habile pour vêtir une conversation de quelques mots élégants, l'homme avait indéniablement du charme. Je me souviens que ce jour-là, en espérant les plats, nous avons parlé de voitures et de littérature. Nous sommes ainsi tombés d'accord pour convenir qu'il en allait de même pour les phrases et les moteurs : il fallait que les deux tournent rondement. C'est à cet instant que le service a commencé. Et l'enfer aussi. A chaque bouchée, on s'envoyait des coups de coude. Lui frappait au foie, moi, le plus souvent je l'atteignais à la rate. De temps à autre, je tentais bien une esquive en levant mon bras au-dessus du sien, mais vous comprendrez qu'on se lasse très vite de cueillir des petits légumes dans cette inconfortable position. Ce fut lui qui le premier entama les négociations. « Pardonnez-moi, je suis gaucher. Vous avez dû le remarquer. Pour bien faire on aurait dû m'installer en bout de table. » Tant de résignation confinant à de la soumission me fit prendre l'homme en considération. Je lui proposai donc un concordat. Je lui passerais le séné et il me rendrait la rhubarbe, ou réciproquement. Les choses allèrent ainsi un moment sur le mode de cet arrangement. Jusqu'à l'instant où je reçus un nouveau direct du coude en plein foie. « Pardonnez-moi, me dit-il, la nature a repris le dessus. J'ai bien essayé de me contraindre, mais l'ouverture était trop tentante, vous étiez si confiant, si offert... » Entre le sorbet et le café, je lui en collai une superbe dans la rate. Il accusa le coup un instant puis, se reprenant très vite, ajouta : « Bravo, bien joué, un relâchement de ma part et vous en avez profité, vraiment bien joué. » A la fin du repas, comme après tous les combats à la loyale, il éprouva le besoin de se livrer : « Sérieusement, vous avez dû passer une soirée plutôt inconfortable. C'est toujours pareil, les tables communes ont souvent été pour moi des terrains de tourment. Et encore heureux que l'on ne nous ait pas servi une sole. Vous n'y avez sans doute jamais songé, mais il n'existe pas de couteau à poisson pour gauchers. Avec les petits légumes il y a toujours moyen de s'arranger entre gens de bonne compagnie. Vous riez, mais notre vie n'est pas simple. A vous maintenant je peux avouer cela : savez-vous quelle est ma plus réelle et douloureuse frustration d'enfance en tant que gaucher? De n'avoir jamais pu lancer une boule de flipper avec ma main directrice dans une position normale. Ça, mon vieux, c'est terrible. Pour le reste on peut toujours s'arranger, mais avec le flipper rien à faire. » Ce type tout efflanqué était épatant. Il n'avait pas fini de m'étonner. *Same player shoots again.* « Être gaucher m'a un jour valu une gigantesque baffe. Figurez-vous que j'avais un jour prêté mon vélo à mon frère aîné. Celui-là ignorait bien sûr qu'en raison de ma latéralité j'avais inversé les poignées de frein sur le guidon. Quand il s'en est rendu compte, je crois qu'il avait déjà le menton dans le gravillon. Moi, le soir même, j'avais la joue bleu marine. » En racontant cela Michel semblait encore maigrir à vue d'œil. Je sentais bien que le moindre courant d'air pouvait l'emporter. Lui, inconscient de son état, regardait son café coaguler dans le fond de sa tasse. On aurait dit le jus souillé d'une vieille blessure.

LE GAUCHER : « POUSSE-TOI, MA CHÉRIE, C'EST MOI QUI CONDUIS. »

Voici une catégorie troublante, énigmatique, un genre à la fois très commun et tout à fait particulier. En fait ce gaucher ne se reconnaît à aucun signe spécifique. Il mange à heures régulières et se reproduit à l'image de la plupart des mammifères. De loin comme de près, il pourrait parfaitement être confondu avec un droitier. Il ne revendique rien et s'accommode de tout. Bref, on ne l'entend jamais et c'est à peine si on le voit. Ce n'est que couché dans un lit qu'il révèle sa nature véritable. C'est sur un matelas que s'expriment ses intransigeances. David est un de ces tordus du Dunlopillo. Son problème est simple : il ne peut dormir qu'à gauche. C'est comme ça, invariablement, sous toutes les latitudes, quels que soient le climat, l'orientation ou la personne à côté de laquelle il s'allonge. Il n'y a rien à faire. Ce n'est pas une question d'habitude. C'est une loi, une règle, un besoin. David : « Pour comprendre ça, il faut être un vrai gaucher. Je ne dis pas un type qui écrit seulement de la main gauche. Non. Le vrai gaucher se reconnaît exclusivement à sa position dans un lit. Le droitier dort à droite, le gaucher, à gauche. Il n'y a pas à sortir de là, tu peux retourner le problème dans tous les sens. Au lit c'est comme en voiture. Il y en a un qui conduit et un autre qui est assis à la place du mort. Moi, mon vieux, je conduis. Et à gauche. » Vous vous imaginez couché avec un type pareil, un type qui écarte les draps, met le contact et démarre à fond de cale dans le noir, sans lumière, les yeux fermés, en attendant seulement nuit après nuit que vous sautiez en marche. David : « Il y a un truc qu'il faut que tu saches : au lit un gaucher est un être irrémédiablement seul. Seul dans son coin. Jusqu'à la fin il s'y accrochera. C'est plus important que tout, c'est une niche, un refuge, une protection. Tant qu'un gaucher dort à gauche il ne peut rien lui arriver. » Quelques mois plus tard je rencontrai une ancienne amie de David. Elle se mit à me parler de lui au passé. Il était mort dans un accident de voiture. La fille qui était assise à côté s'en était sortie de justesse.

LE GAUCHER : « BÉNISSEZ-MOI, MON PÈRE, PARCE QUE J'AI PÉCHÉ. »

Celui-ci s'identifie on ne peut plus aisément. Il exsude la bonne volonté et la contrition. Il est toujours d'accord pour tout, dès qu'il s'agit d'expier. Plus il trébuche sur les obstacles, plus il met de vigueur à repartir pour des assauts d'enfer. Il se croit malade, atteint, handicapé et ne réclame que la rééducation et la guérison. Il sait qu'il faut qu'il se soigne et s'y emploie. En fait, il ne rêve que d'une chose : être droitier. Il envie la quiétude et la sérénité du camp d'en face. Il a presque honte de ses difficultés, de ses inaptitudes. Il est généralement contre les ciseaux pour gaucher. Il crie à qui veut l'entendre et en battant sa coulpe que c'est à la main de s'adapter à l'outil et non l'inverse. Il refuse toutes les facilités et déplore, le plus souvent en public, de n'avoir pas été contrarié. Il est prêt à s'amender à la moindre remarque, à avouer ses fautes, à plaider coupable et à réclamer pénitence. La douleur et la flagellation sont pour lui les chemins qui conduisent au Très-Haut. C'est en tout cas un traître à la cause. Un collabo. Un jaune. Paul est le type même du vichyste. Il a longtemps été journaliste dans une radio de principauté principalement connue pour ses princesses. Et donc, quand le temps pressait au studio, quand son enregistrement devait passer à l'antenne, il donnait un coup de main au technicien pour parfaire le montage du bobino. Pour atténuer le bruit du raccord, de la jointure, une bande magnétique se coupe et se colle en biseau. Et le problème est bien là. Quand un gaucher (Paul) et un droitier (le technicien) taillent en biais, les bouts ne s'emboîtent jamais. A l'œil cela se voit. A l'antenne, ça fait un gros bruit de mensonge. Invariablement, dans ces circonstances, Paul, penaud, venait s'amender, toujours s'excuser, implorer le pardon, la grâce et surtout promettre que jamais il ne recommencerait. On l'entendait hurler dans les couloirs qu'il n'était qu'un misérable et méprisable vermisseau, inattentif et négligent. Jamais un seul instant il n'a songé que le technicien lui aussi aurait pu faire un effort, partager équitablement la contrainte et tailler à l'inverse de ses habitudes.

Depuis quelque temps Paul s'est reconverti dans

la presse écrite. Et, pour autant, rien ne s'est véritablement arrangé. Maintenant, il est confronté à l'angoisse du gaucher devant la page blanche qu'il va falloir noircir en évitant de s'en mettre plein les manches. Parce que pour un gaucher l'écriture à l'encre sera toujours un exercice périlleux, un tourment, une galère. Pour que sa main n'écrase pas sur la page les derniers mots frais qu'il vient de répandre, l'handicapé doit imposer à son poignet d'invraisemblables contorsions. Pourtant, vous voyez, il ne viendra jamais à l'idée de Paul de réclamer une prime de salissure. Non, lui prendra un abonnement au pressing le plus proche, traînera ses taches aux mains comme des stigmates et attendra que ses pâtés durcissent comme des croûtes. Un soir, un soir seulement, il m'en souvient, sans doute à bout de tout, il eut une esquisse de révolte. Il me dit, le visage souillé d'encre et taché de lassitude : « Rien que pour les acrobaties que font les gauchers en écrivant, ils devraient avoir des places assises réservées dans le métro. » Puis, d'un pas lent, il s'est dirigé vers les lavabos. Maintenant il faut quand même que vous sachiez ceci : si d'aventure un jour un gaucher, l'air madré, vous demande de lui prêter votre stylographe, ne serait-ce que pour corriger un accent, refusez. Et, au besoin, fuyez. Sinon, s'il s'empare de l'objet, il vous restituera un instrument dont l'extrémité ne sera plus qu'un infâme tortillon de fer, une plume dont vous ne tirerez jamais autre chose qu'un abject crissement. Paul, d'ailleurs, toujours prêt à s'enfoncer, dit de lui-même et de ses pairs : « Le gaucher abîme et salit tout ce qu'il touche. » Vous ne me croirez pas mais généralement, ensuite, il se lève d'un bond et entonne : « Maréchal, nous voilà... »

LE GAUCHER : « AU SECOURS, IL VA JOUER. »

Lui n'a généralement qu'un défaut : son amour immodéré pour la musique en général et pour la guitare en particulier. La plupart du temps ce gaucher-là est souriant, toujours content. Autour de lui, ce n'est que ravage et lamentation. Attention, cette catégorie peut à la longue être dommageable pour votre santé et votre équilibre. Je sais ce dont je parle. J'ai passé ma jeunesse avec un de ces fléaux. Autrefois, Marc et moi étions très proches. Pour nous distraire, nous balancions du troisième étage des œufs sur la tête des gens qui passaient dans la rue. Lui tirait de la main gauche, moi, des deux. Un jour, on en a eu marre d'engraisser le crémier et on a décidé de se mettre à la musique. Marc a choisi la guitare basse. Compte tenu de sa morphologie et notamment en raison de l'incroyable puissance de ses jarrets, ses parents, prévoyants, lui avaient plutôt conseillé de s'orienter vers le sport. Mais non, lui, après le vitellus, son passe-temps c'était la basse. Il a d'abord fallu en trouver une, étant bien entendu que, à l'époque, malgré le syndrome McCartney, aucun détaillant n'était assez fou pour avoir en stock une Fender *jazz bass* de gaucher. Parce que en plus, c'est vrai, il avait des exigences. Après des jours et des nuits de quête il en dégota finalement une. Une horreur absolue. Une tuerie totale. Rien qu'à la voir, on sentait la nuisance, le lézard, on devinait l'outil maudit, l'engin néfaste. Elle était marbrée comme un dessus de cheminée rongé par le suif, mal réglée, imprécise, vicieuse, irrégulière, usée, et capricieuse. Bref, quand il sortait son instrument, on rentrait sous terre. Ses parents évidemment me rendaient responsable de tout. Je les entends encore : « C'est encore toi qui lui as mis ces idées-là dans la tête, au lieu d'aller vous détendre et faire du sport. » Les filles nous fuyaient, comme si nous étions des représentants en acné. Plus le monde se coupait de nous, plus l'autre dingue devenait souriant, jovial, heureux. Il répétait en toute innocence : « T'entends ce son ? J'ai eu un sacré pot. Tu te rends compte, la seule guitare de gaucher qu'avait le type, c'était une *jazz bass*. Non, mais t'entends ce son ? » Je n'entendais plus que ça. Et le pis était bien que je n'avais aucune solution de remplacement à proposer à Marc, car, en dehors de quelques instruments faits sur mesure et particulièrement adaptés, les gauchers ont un mal fou pour se sentir à l'aise avec des cordes autour du cou. Alors j'ai bien essayé de le convaincre de se remettre au sport ou de racheter quelques douzaines d'œufs, mais rien n'y fit. Au contraire il se mit en plus à chanter. Alors je décidai de m'éloigner de lui ainsi que l'on prend de la distance avec un vieux parent infirme. Bien des années plus tard, j'ai eu de ses nouvelles. Il était devenu médecin et continuait, paraît-il, de rendre malade son entourage en pratiquant son instrument. Sans doute chassé de métropole pour toutes ces raisons, il avait fini par s'établir dans les îles pour s'exercer au grand air. Vous savez où il sévit aujourd'hui? J'ose à peine vous l'avouer : en Nouvelle-Calédonie.

LE GAUCHER : « C'EST LA VIE D'CHÂTEAU, POURVU QU'ÇA DURE, MON ADJUDANT. »

Cette catégorie est éphémère. Elle ne se retrouve que chez les hommes en âge de gueuler des insanités dans les buffets de gare de sous-préfecture et les couloirs de train de seconde classe. Ces jeunes gens sont facilement identifiables. Ils portent généralement des ensembles peu seyants, taillés dans des couvertures marron, ainsi que des calots d'infirmière passés au brou de noix. En temps de paix, on les appelle des militaires. En temps de guerre aussi. Comme tout corps constitué, l'armée possède son contingent de gauchers. Avant d'aller plus loin, nous conseillerons à ces derniers de déserter dans les délais les plus courts et vers les directions les plus septentrionales du globe s'ils veulent échapper aux désagréments et aux humiliations que leur réserve le service national.

Roland était un type comme les autres. C'est du moins ce qu'il croyait avant d'entrer à la caserne. Lui qui a fait son temps en Allemagne sait aujourd'hui que l'armée n'est pas faite pour les gauchers. Nous ne parlerons pas du tir au pistolet ou au fusil dont les crosses sont évidemment profilées pour les droitiers, ni du tir à l'arc abandonné depuis Azincourt. Nous n'épiloguerons pas davantage sur tous les maniements d'armes que le gaucher doit effectuer avec sa main faible, préférant nous intéresser au salut réglementaire qui, comme chacun sait, fait la force et la grâce des bataillons disciplinés et alignés en ordre décroissant. Cela pour vous dire que Roland n'a jamais pu saluer autrement qu'avec sa main gauche. Ce n'était même pas du mauvais esprit. Seulement un irrépressible réflexe. La première fois, on lui signifia que ce genre de liberté qu'il prenait avec la consigne faisait quelque peu désordre. La deuxième fois, on lui conseilla de ne pas faire le malin et comme l'aspirant soupirait on lui infligea les arrêts de rigueur. Au troisième coup, un type couperosé et en nage, sentant le Picon-bière et la vieille transpiration, lui hurla à la gueule que le régiment en avait maté de plus forts que lui et que tout futur médecin qu'il était, il pouvait se retrouver à quatre pattes dans les latrines à récurer un sol contaminé par les blennorragies et autres blessures de guerre rapportées des colonies. A bout de force et d'arguments, espérant sauver ce qui pouvait encore l'être, l'aspirant demanda très officiellement à ses supérieurs d'être exempté de salut en raison de l'aspect incoercible de son geste réflexe. Autant réclamer le droit au port de l'uniforme allemand. Il ne reçut donc jamais de réponse. Par contre, sans doute pour lui apprendre à vivre, à la fin de son service, l'armée le cantonna un mois supplémentaire dans son casernement. Bien plus tard, j'ai appris que Roland s'était marié. Il avait même un garçon et une petite fille. Seul le garçon est gaucher. Et bien sûr il rêve de devenir pompier.

LE GAUCHER : « ON PEUT PAS LAISSER PASSER ÇA. RAPPORT À NOS CAMARADES DE LA BASE. »

Voilà un cas. Le représentant des camarades exploités, le porte-parole des bannis. Mettez-lui une casquette, c'est Krasucki, de l'eau bénite et des moustaches, vous avez Walesa. Non, ce gars-là est à lui seul une vraie calamité naturelle. La nuit il écrit le manifeste du gaucher ou des tracts qu'il imprime à l'aube dans sa cave. Il vit dans la clandestinité la plus absolue, change de nom de code toutes les semaines, déménage tous les mois, organise le mouvement, fomente des grèves, rêve de manifs et bâtit des meetings de flanelle. Il prend la parole à Hyde Park ou dans le métro, colle des affiches proclamant les droits de la main gauche, fleurit régulièrement la tombe de Léonard de Vinci, et rédige tous les jours, au nom du mouvement, des lettres de revendication aux ministères des Sports, de la Santé, des Droits de l'homme, de l'Éducation nationale, des Transports et de la Recherche. Il est un Komintern à lui seul, car il est toujours seul tant on le fuit. Un jour, c'est sûr, il formera la fraction radicale de la lutte. En attendant, comme à Los Angeles, il milite pour un comité de quartier ou une association des amis de la main gauche. Son terrain c'est la réalité de tous les jours. Pas l'anecdote, non, le « vécu social », qui toujours « l'interpelle quelque part ». Celui que je connais s'appelle Éric. Il roule généralement en Skoda, et cuit lui-même son pain. Quand il réussit à me coincer, il ne me rate pas : « Je ne te comprends pas. Non vraiment je ne comprends pas que tu rigoles avec ces problèmes. En adoptant ce ton détaché, tu te fais le complice objectif de la société spectaculaire et marchande, et des multinationales qui produisent des biens de consommation sans tenir compte le plus souvent de nos spécificités et de nos besoins réels. Il faut que les gauchers s'unissent, je te dis. Il faut créer un syndicat du genre MRG, mouvement pour le rassemblement des gauchers, il faut revendiquer, se battre, lutter, *" el pueblo unido "*. » C'est comme ça pendant des heures. On a l'impression d'avoir l'esprit envahi par un nuage de sauterelles. Éric est un fléau de Dieu. A mon avis, il doit cuire sa viande sous le siège de sa voiture. En tout cas, il parle comme un tract. Sans compter qu'il a aussi le débit d'une ronéo :

« Tu comprends, il faut que les droitiers acceptent notre différence. Il faut que les industriels pensent davantage à nous. Il n'est plus temps de demander ou d'implorer. Il faut exiger. Regarde les tire-bouchons : pour nous, ils tournent à l'envers. Et ce n'est rien à côté des moulinettes, des ustensiles de cuisine, des machines à coudre, des... »

Si on a le malheur de lui dire qu'il épuise et qu'à

Londres existe une boutique où les gauchers peuvent tout commander, il dit :

« Le mépris n'a jamais fait taire la vérité qui seule est révolutionnaire. Je n'irai pas à Londres. Je refuse le ghetto, fût-il de luxe. Il est hors de question de me faire accepter la microdiffusion de produits de première nécessité aujourd'hui réservés à l'usage des seuls possédants, des capitalistes ou des privilégiés ayant les moyens de se rendre en Grande-Bretagne. Jamais je ne cautionnerai ce négoce de classe. Tu ne réalises pas l'épaisseur de la chape qui nous oppresse. Prends le bricolage : tout est pensé pour les droitiers. Le sens de rotation des vis? pour les droitiers. Ne ris pas, imbécile. Visser vers la droite est plus facile pour un droitier que pour un gaucher. Le premier agit en supination, le second en pronation. Les montres? Même chose pour les remonter ou les mettre à l'heure, je suis obligé de les enlever du poignet. Les serrures de porte, les verrous? Pareil. Pour tourner les clefs avec la main gauche je suis mal à l'aise. C'est tous les jours et partout. Alors il faut que ça change ici et maintenant. Tu sais que c'est une vraie galère pour trouver une boule de bowling pour gauchers? Et les clubs de golf? Y en a jamais en stock, faut les faire venir. Et figure-toi que j'ai appris, et ça c'est le comble, que les gauchers, compte tenu de certaines règles de placement, ne pouvaient pas jouer au polo.

— Parce que tu joues au golf ou au polo, toi, maintenant?

— Ah, je l'attendais, celle-là. Moi, camarade, sache

que je fais partie de la génération sacrifiée. Ma personne n'a aucune importance. Je fais partie de ceux qui se battent pour que chantent les lendemains. Je suis l'avant-garde du MRG, la Prima Linea, et toi aussi de gré ou de force tu y viendras. »

Arrivé à ce stade, on croit généralement et naïvement être sorti d'affaire. On croit que le type est calmé, que la fièvre est tombée et la crise passée. C'est une erreur grave. Comme tous les vrais prédateurs, quand Éric vous tient, jamais il ne vous lâche :

« Tu veux un autre exemple? Tu portes un Levis 501? Tous les petits cons ont aujourd'hui des 501. Tu as vu la braguette? Tu as vu le boutonnage? Impossible à fermer pour un gaucher. Ça prend une heure, ça coince, tu te tords les doigts, inacceptable, irrecevable. Cela aussi il faut le dire et avoir également le courage de se battre pour le droit des peuples à s'habiller eux-mêmes.

– T'es vraiment secoué.

– Et ce n'est pas fini. J'ai une raie dans les cheveux. Beaucoup de gens ont une raie dans les cheveux. Cette raie est à gauche. Tu sais pourquoi? Parce qu'il est plus facile pour un droitier de coiffer sa chevelure en la peignant de la gauche vers la droite. J'ai un téléphone personnel. Beaucoup de gens ont un téléphone personnel. Le téléphone a les fils du combiné connectés à gauche. Pourquoi? Parce qu'il est plus simple pour un droitier de tenir l'appareil de la main gauche et de composer les numéros de la droite sans être gêné par le cordon. J'ai un poste de télévision. Beaucoup de gens ont un poste de télévision. Le poste de télévision a le plus souvent les boutons de réglage et de sélection de chaîne situés à droite. Pourquoi?

– Tu crois pas vraiment que tu en fais beaucoup?

– C'est parce que des mecs comme toi n'en font pas assez. Tu veux que je te dise ce que tu es? Tu veux le savoir? Un traître, mon vieux. Un traître à la cause. Oui, mon vieux, un collabo. Et tu veux savoir autre chose? J'aime autant pas t'avoir connu pendant la guerre. »

LE GAUCHER : « UN PEU DE TENUE, MON VIEUX, TOUT LE MONDE NOUS REGARDE. »

Celui-là, je l'ai gardé pour la fin. C'est encore celui que je connais le mieux. Il sait ce que valent les choses et les gens. Il ne nourrit guère d'illusions sur ce qui l'attend, mais il fait mine de patienter, ainsi que le font les gens bien élevés, sans jamais regarder sa montre. Bien évidemment, avec lui, une conversation sur les gauchers prend tout de suite de l'ampleur. Je n'ai pas dit de la hauteur, seulement de l'ampleur. C'est bien là une essentielle différence. Un après-midi d'il y a bien longtemps, j'ai rencontré Jean-Baptiste à une station-service. Le pompiste venait de lui mettre son poing dans la figure. Lui restait là, appuyé à sa voiture, pétrifié comme quelqu'un qui vient de s'entendre révéler une vérité cruelle. Ensuite je le revois se tourner vers moi et me dire d'une voix très calme : « Je ne sais pas ce qui est arrivé. J'ai seulement demandé au gérant (il emploie souvent le mot " gérant " ou " concessionnaire ") de me faire le plein et il m'a mis sa main dans le visage. » Là nous devons marquer une pause et nous attacher à authentifier ce récit par quelques digressions. La fréquentation assidue du personnage durant les années suivantes me permet de dire qu'il n'existe pas en Europe un homme plus doux, plus pacifique, plus urbain, plus conciliant que Jean-Baptiste. Pourtant, il attire le coup de poing comme la nuit, les étoiles. Un jour, il fait ses courses chez l'épicier. Le gérant, encore, se dispute en public avec sa femme. Le ton monte, il lui adresse une gifle, elle esquive et Jean-Baptiste la récolte sur la joue. Une autre fois, il perd son chien et part à sa recherche. Il se rend chez un voisin pour lui demander si d'aventure il n'a pas aperçu l'animal. Le retraité prend mal la chose et lui assène deux coups de pelle sur le crâne et les côtes. Nous appellerons cela une nature, un destin. Donc, après avoir fait connaissance en de si particulières circonstances, il était évident que nous étions amenés à nous revoir. Au fil du temps, j'ai observé que Jean-Baptiste était gaucher, mais je ne lui en ai pas fait la remarque pour autant. Et, de sorties en soupers, de flâneries en conversations, nous nous sommes peu à peu livrés l'un à l'autre. Un soir qu'il dînait à la maison, je le trouvai soudain sombre et pensif. Presque triste. Il ne fit guère de difficultés pour s'ouvrir à moi de sa mélancolie.

« Tu vas me comprendre, je suis sûr que tu vas

me comprendre. Tout à l'heure en mangeant, j'ai observé ton fils et ta fille et c'est là que tout a commencé. J'ai noté qu'il était droitier et elle, gauchère. Tu as de la chance, tu ne connais pas ton bonheur. »

J'ai bien évidemment tout de suite saisi où il voulait en venir.

« Tu es un ancien gaucher, m'as-tu dit. Moi, j'en suis un vrai. J'ai deux enfants. Comme toi. Les deux sont droitiers. Pendant leurs premiers mois, j'épiais chacun de leurs gestes. D'abord le garçon. Dès qu'il saisissait un objet de la main gauche, je reprenais espoir. Je me disais que j'allais avoir un fils qui me ressemble, qui me comprenne. Et puis, au fil des semaines, j'ai dû me rendre à la réalité. A la naissance de ma fille, je débordais de joie. Cette enfant était belle et j'avais le sentiment profond, je ne sais pourquoi, qu'elle ferait partie de cette famille informelle, fragile et souterraine. Elle aussi, je l'ai guettée le jour et la nuit. Dès que sa mère avait le dos tourné, j'allais caresser et embrasser sa main gauche. Je me souviens que je lui disais : " Regarde comme elle est belle, regarde comme elle est fine. " Et puis, à mesure qu'elle grandissait, mon rêve, lui, rapetissait. Et aujourd'hui, moi gaucher, j'ai deux enfants droitiers. Je me sens totalement orphelin, parfois. Tu ne sais pas ce que je donnerais pour en avoir un autre, mais, celui-là, de la famille.

– Qu'est-ce qui t'en empêche?

– La peur d'être une nouvelle fois déçu, la peur qu'il soit encore " anormal "... »

52

Jean-Baptiste n'est pas un gaucher militant. C'est un gaucher fier, un gaucher à l'espagnole, intransigeant, avec le cul cambré et le buste en alexandrin.

« Le gaucher se doit d'être digne. Il est ennobli par sa différence. C'est une sorte de particule, une aristocratie intérieure, secrète et permanente. Tu sais, un gaucher con me fait honte. Je ne lui pardonne pas ses écarts, sa bêtise. C'est un peu comme si elle rejaillissait sur moi. J'ai envie de le prendre à part et de lui dire : " Un peu de tenue, mon vieux, tout le monde nous regarde. " Par contre, je passerai bien des choses à un droitier. Il a tous les droits y compris celui d'être le dernier des ânes. Je considère la " gaucherie " comme une vieille famille avec ses règles, ses traditions et il m'est toujours pénible de voir un de ses membres s'avilir ou déchoir. J'aimerais par contre que chacun ait le goût de cette appartenance. »

Ce soir-là il ne parla que de cela.

« Je te le dis, tu as beaucoup de chance. Il faut que je t'avoue autre chose : parfois j'ai eu la tentation de contrarier mes enfants. Oui, d'en faire des droitiers contrariés. Il me semblait que, dans ce cas, ils auraient été plus proches de moi, même si leur revirement était totalement artificiel. J'étais prêt à les aider, à y consacrer mon temps. Et puis, j'ai abandonné l'idée pour une raison fondamentale qui m'est apparue plus tard : on naît gaucher, on ne le devient pas. »

Oui, cette nuit-là, la conversation demeura mélancolique. Elle déambula sur les incertitudes de la vie et les fragilités de la mort. Sur les automobiles aussi qui ont cet étrange pouvoir de panser, temporairement, les blessures du chagrin. Il en tenait pour les suédoises, solides, fidèles, Saab et surtout Volvo, dont, phénomène unique, attention touchante, les freins à main ont été pendant longtemps situés à gauche, entre le siège du conducteur et la portière. Je préférais les anglaises, inconstantes, volages, parfumées et fragiles comme un musicien poitrinaire accoudé au rebord d'un hiver qui ne sait pas finir. Très tard, oui, je me souviens maintenant, nous sommes tombés d'accord pour convenir que les allemandes de Stuttgart, les Benz, n'étaient pas mal non plus.

3.

*« Considérez votre main gauche et
devinez à qui elle appartient. »*

« Considérez votre main gauche et devinez à qui elle appartient. » Cela fait plusieurs jours que cette phrase me regarde. Plusieurs jours qu'elle ne me quitte pas des yeux. Elle semble attendre et avoir tout son temps. Elle sait qu'à un moment ou à un autre je vais la prendre, la poser devant moi et l'examiner. Moi, je fais celui qui ne s'est aperçu de rien et je continue mon travail. Pourtant j'ai du mal, tant elle me plaît, tant elle est tentatrice, énigmatique. Dans ma tête, je la tourne dans tous les sens. Elle est parfaite. A qui est ma main gauche? A qui est votre main gauche? A qui sont nos mains gauches? Ceux qui ont répondu : « A nous » peuvent quitter leurs bancs, ramasser leurs affaires et sortir sans bruit. Les autres, doutant, s'interrogeant, pensant que l'avenir n'appartient pas forcément à ceux qui ont une âme de propriétaire, savent bien depuis longtemps que cette main pourrait bien un jour leur jouer un tour, tant on caresse avec elle les limites du déraisonnable. Ils connaissent aussi son histoire, sa malédiction, son vocabulaire et le pouvoir qu'elle a d'ouvrir les portes interdites. Sa réputation dépasse largement le cadre habituel de ses fonctions. Elle ressemble à ces chambres vides alanguies et lasses, qui ont la réputation d'abriter la mémoire des larmes, des souvenirs et de la mort. Il suffit d'un nuage, d'une respiration du vent pour que la pièce prenne soudain des ombres inquiétantes. Les fenêtres ouvrent les yeux et les portes bâillent comme des bouches. On sent qu'elles auraient des choses à dire. La main gauche, c'est un peu la même chose. On s'en sert machinalement, comme d'un trousseau de clefs, un outil de travail que l'on glisse parfois dans la poche en attendant la suite, qui n'a pas le pouvoir de transfigurer l'existence, mais seulement la charge de rendre la vie plus facile. Il ne procure pas vraiment des émotions nouvelles, tout au plus quelques quotidiennes satisfactions. Et puis, un jour, on tombe sur la phrase : « Considérez votre main gauche et devinez à qui elle appartient. » Et alors que cette interrogation ne fonctionnerait avec aucune autre partie de notre corps, voilà tout à coup que surgit un malaise comme si quelqu'un venait de remuer la vase au fond du vase, comme si de la mémoire des temps morts remontait une odeur de terre humide et de moisi. C'est le règne du flou, de l'indistinct, du trouble, le temps du secret. On imagine que ce morceau de viande articulée est là uniquement pour surveiller le reste, tout le reste, surveiller et bien sûr rendre compte à son énigmatique propriétaire. On imagine aussi, et enfin, que cette main est là pour agir sur ordre, et qu'elle peut donner la mort au détour d'une simple nuit comme toutes les malédictions.

Cela bien sûr est totalement farfelu et pur prétexte à littérature de salle d'attente des administrations des transports ou de la santé publique. Et pourtant, au XIXe siècle, il s'est trouvé un psychiatre italien, expert en criminologie comme d'autres le sont en comptabilité pour accréditer une thèse assez proche de celle développée ci-dessus. Cesare Lombroso était en effet convaincu que tout gaucher était un criminel en puissance. Il avait affirmé cela à partir d'une constatation douteuse : il y aurait davantage de gauchers en prison que dans la population en général. Et donc, un matin, sans doute après une longue nuit d'exercices d'arithmétique, Lombroso Cesare déposa ses conclusions : la tendance gauchère « était un signe de dégénérescence du criminel-né ». On imagine sans peine quelles ont pu être les répercussions de telles affirmations sur le cours de la vie des familles de l'époque. Les parents, qui jusque-là n'avaient guère prêté attention à la tendance coupable du petit dernier, regardaient maintenant leur enfant tel un reître en puissance. La nuit, ils dormaient à tour de rôle, surveillant les moindres agissements du gamin. Ils n'osaient plus traverser les couloirs et les pièces obscures qu'armés de tromblons et de couteaux à six lames. Le jour, pour plus de sécurité, ils attachaient la main du gosse dans le dos. Et tant bien que mal, les années passaient jusqu'à ce que l'un des parents succombe d'une naturelle lassitude de vivre. Il n'en fallait pas davantage pour que le survivant terrorisé dénonce le gaucher aux carabiniers et s'enferme à jamais chez lui en demandant, *porca miseria,* ce qu'il avait bien pu faire au ciel pour mériter cela. Oui, Cesare Lombroso avait fait du bon boulot. Mais il faut reconnaître que la langue et le dictionnaire, avant lui, avaient déjà bien œuvré. Une surenchère d'indélicatesse, un concours de mépris. Chaque définition donne envie de se désinfecter et de porter ses yeux au pressing.

Voyons ce que Larousse ou Robert proposent par exemple comme équivalents à l'adjectif « droit » : « honnête, juste, probe, loyal, sincère, sain, sensé ». L'adverbe « droitement »? « D'une manière franche, équitable. » Passons maintenant de l'autre côté, dans le camp des déportés. S'il est vrai que pour les Latins, qui, il faut bien le dire, n'étaient pas des gens très nets, la gauche était déjà « sinistre », nous autres, aujourd'hui, nous bouchons carrément le nez lorsque nous en parlons. « Gauchement » : « de manière maladroite ». « Gauche » : « malhabile, disgracieux, embarrassé ». « Mariage de la main gauche » : « mariage d'un noble avec une roturière où l'époux donnait à sa femme la main gauche au lieu de la droite. Il ne transmettait son rang ni à elle ni à ses enfants ». Vous imaginez la situation? L'ambiance de la cérémonie? Le repas, la nuit de noces et, au matin, les draps tachés de larmes? La conception du bâtard, l'accouchement au fond des bois? L'opprobre jeté sur l'enfant? Et l'on s'étonne après que l'on ait fini par couper la tête des rois. Poursuivons notre exploration de cette langue chargée de sens mauvais. Négligeons des expressions avenantes comme « passer l'arme à gauche » et arrêtons-nous un instant sur une loi géométrique d'un rare mépris. Vous savez sans doute qu'il existe toutes sortes de droites. Mais connaissez-vous les droites gauches? Eh bien, les droites gauches sont des droites qui ne sont ni concourantes ni parallèles. Et croyez-moi, dans ce milieu, quand on est une droite ni concourante ni parallèle, on ne peut plus prétendre à grand-chose. On est même à deux doigts d'être considérée comme tordue. Il n'y a pas à sortir de là. Donc, si un soir, pour détendre vos atmosphères, vous décidez entre amis d'entreprendre une partie de lexicologie ou de philologie, un conseil : prenez à droite. Vous serez dans ce cas « habile, rusé, franc et judicieux ». Ayez par contre le malheur de tendre la main à gauche et vous voilà « veule, chassieux, chafouin, torve, empoté, sournois » et, pis que tout, « louche ». Que celui qui vient de dire que la vie n'avait pas de sens veuille bien sortir et rejoindre ses petits camarades en permanence. Les autres, écoutez ceci : tout gaucher qui, le matin, se réveille a tort. Car le simple fait de mettre un pied dans le monde le voue à la persécution. Surtout s'il se lève du gauche. Il n'est d'heureux que des gauchers couchés, ou morts, ou célibataires.

J'ai longtemps hésité à vous raconter l'histoire qui suit tant elle semble forcée pour ne pas dire artificielle. Elle est pourtant arrivée à Geneviève l'année dernière. Geneviève est une fille que je connais bien. Un soir, donc, elle rencontre Vincent. Un type avec des lunettes. Je précise qu'il portait des lunettes parce que cet accessoire, paraît-il, lui conférait une bonne partie de son charme. De loin, il ressemblait à tous ces jeunes gens modernes qui jamais n'ont mal aux dents. Dans la vie, Vincent entreprenait. Il entreprenait le matin, le midi, le soir, 40 heures par semaine, 160 heures par mois, 1 920 heures par an puisqu'il ne prenait jamais de vacances. Il voulait monter sa propre affaire et conquérir des marchés extérieurs. Bref, il était à l'aise dans son temps et ses poncifs. Au bout de quelques semaines, il expliqua à Geneviève qu'il l'aimait et qu'en plus cela tombait bien puisque, selon la courbe de sa trajectoire de carrière, il était temps maintenant pour lui de se stabiliser. Il prévoyait un bonheur « straight », des perspectives « soft », des enfants « speed », et une bagnole suralimentée. Ils vivraient dans un appartement que ses parents gardaient en réserve pour le jour où il déciderait de fonder une famille. Et ce jour-là était venu.

« Il m'a raconté tout ça d'une traite sans pratiquement respirer, dit Geneviève. Je suis restée là, sonnée, abasourdie. A mon avis, il a dû prendre cet hébétement pour le signe le plus avancé du bonheur.

– Et après?

– Après, ça s'est précipité. Jusqu'au fameux soir où on est allés dîner chez ses parents. »

Ce repas-là, je regrette de ne pas y avoir assisté. Sans doute vous l'aurais-je mieux raconté, avec l'odeur des plats, la couleur des fauteuils, les motifs de la toile de Jouy, le parfum de la mère et le tic facial du père. Il paraît que cela dépassait l'entendement. Il y avait tout. Oui, vraiment, je regrette. Remarquez, ce que m'en a rapporté Geneviève n'est déjà pas si mal. Donc, Vincent, à table, parlait beaucoup. Le vieux de temps en temps faisait oui de la tête, pour faire voir qu'il avait bien compris et sa femme demandait si le filet mignon était assez salé. Et puis, à un moment, c'est elle sans le vouloir qui a déclenché le cataclysme.

« Mais ma fille vous êtes gauchère? Et vos parents ne se sont pas occupés de vous? Ils ne vous ont jamais fait soigner? Vincent, ce n'est pas possible. Tu nous avais caché ça. Geneviève est certainement une gentille fille et ce qui lui arrive n'est évidemment pas sa faute, mais Vincent, non, vraiment, c'est impossible.

— C'est vrai, c'est difficile..., dit le père.

— Écoutez, ma petite, reprit la vieille, amusez-vous encore un peu si vous voulez avec mon fils, mais il ne faut plus penser à quelque chose de sérieux ou de durable entre vous. Ce n'est pas possible...

— C'est vrai, c'est difficile, redit le vieux.

— Les gauchers, ma fille, sont des gens spéciaux. De caractère, je veux dire. La sœur de mon mari, Odette, était gauchère. Eh bien, elle a tout raté. Sa vie, ses enfants et son époux qui a fini par se suicider. Quelques jours avant sa mort, j'entends le pauvre encore me dire : " Les gauchers sont des êtres difficiles. " Vous comprenez maintenant pourquoi, ma petite, ce n'est pas possible? »

Geneviève se sentait de mieux en mieux. Elle se

retrouvait merveilleusement libre par la grâce de ce repas de famille. La vieille toupie, elle, continuait de tourner :

« Vous savez, avec Vincent, nous avons toujours été des parents très libéraux. Nous ne l'avons jamais empêché de sortir avec qui il voulait. Mais là, je vous l'avoue, je suis surprise. Il est fautif de ne nous avoir parlé de rien. Il sait pourtant ce qui est arrivé à son oncle, il sait où sa tante l'a mené. Vous savez ce que m'a dit un jour le médecin de la famille? " Les gauchers, c'est scientifiquement reconnu, je dis bien scientifiquement, ont un caractère difficile et des humeurs imprévisibles. " Mot pour mot. Vincent, je n'invente rien, dis-le à Geneviève... » Vincent ne répondait rien. Il tripotait le rebord de son assiette, remontait ses lunettes avec le majeur et de temps à autre, quand ça allait très mal, se grattait la nuque. Le père, lui, restait maintenant absolument silencieux. On voyait bien que c'était un homme qui avait l'habitude de se taire.

Vous comprenez pourquoi j'avais des scrupules à vous raconter tout ça? Vous comprenez aussi pourquoi également il est temps d'avoir peur? Peur de vivre dans un monde qui pense à droite, qui s'organise à droite, qui a des téléphones publics avec des portes qui s'ouvrent à droite, des métros dont les fentes de tourniquet sont disposées à droite, des belles-mères qui se prennent pour Lombroso, et des élections qui tôt ou tard finissent par basculer à droite. Vous comprenez pourquoi tout est sur le point de basculer, pourquoi à côté de ce qui se prépare, 1789, 1917, 1936 et 1968 feront figure de millésimes paisibles, pourquoi bientôt des hordes de gauchers en hardes vont déferler sur nos habitudes? Vous souriez sans même vous apercevoir qu'il est déjà trop tard.

Si vous souhaitez comprendre, saisir de l'intérieur et pleinement, qui sont ces gens, ce qu'ils ont dans l'esprit et quelles peuvent être leurs émotions, relisez Nabokov dans *Lolita*. Le héros du livre s'appelle Humbert Humbert. Il a fait bien des choses et transgressé la plupart des lois. Et, ce soir-là, il décide d'enfreindre un dernier interdit : quitter la voie de droite et rouler à gauche de la route. Écoutez-le :

« J'éprouvais une délicate fusion diaphragmatique émaillée d'éclairs, de sensations tactiles, le tout décuplé par la pensée que rien n'est aussi propice à l'élimination des lois physiques fondamentales que de conduire délibérément du mauvais côté de la route. Vu sous un certain angle, c'est une émotion authentiquement spirituelle. Sans jamais dépasser le trente ou le trente-cinq à l'heure, je roulais doucement, rêveusement, comme si ce mauvais côté avait été le reflet du bon dans un miroir. »

A ce moment, on peut penser que Humbert Humbert vient de voir le type de l'autre côté de la glace. Le type qui jusque-là le regardait tous les matins en disant, souvenez-vous : « Tu as vu ton visage, tu as vu ces taches brunes sur tes mains? Débranche et rejoins-moi. » Humbert devait avoir ce sentiment confus qu'il était temps pour lui de passer l'âme à gauche. Ainsi que doivent l'avoir, d'ailleurs, tous les Anglais. Sinon comment expliquer cette sympathique obstination, cet entêtement qui les pousse à conduire du mauvais côté? Partout ailleurs, dans le monde, on a glissé à droite. Le 3 septembre 1967, à l'issue d'une interminable campagne d'information et de sensibilisation, la Suède a été le dernier pays à capituler. Le 3 septembre était un dimanche. Ce jour-là, Londres a dû se sentir bien seule. Seule et renforcée dans ses convictions. Ce n'est pas un hasard si « *Anything Left-Handed* » organise aujourd'hui la résistance au cœur de cette ville. « *I have right to be left.* » Plus qu'un droit, ce serait même un devoir.

Cela d'autant que, dans la mouvance des gauchers, on s'est attaché à démontrer, jusque dans les moindres détails, que les sociétés pensent à droite. Prenez le monde de la couture. Au-delà des modes, des coupes et des excentricités, on note une rémanence perspicace de l'emprise de l'univers droitier. Le boutonnage bien sûr, à gauche pour les femmes, à droite pour les hommes. Mais pourquoi toujours une boutonnière en haut et à gauche sur le revers des vestes? Parce qu'à l'origine, les droitiers ont trouvé cet emplacement plus commode pour y glisser une fleur ou un ruban avec leur main droite. Pour des raisons similaires, les femmes portent leur broche de ce même côté. Et les bagues, elles aussi, toujours à la main gauche, comme pour sceller, emprisonner symboliquement ces phalanges et laisser la droite libre de toute contrainte pour sortir dans le monde et serrer ses homologues. Et les petites poches à monnaie, encore placées à droite sur les vestons d'homme. L'argent lui-même choisit le bon côté. C'est là un signe qui ne trompe pas.

L'autre nuit, je ne dormais pas. Je ne dormais pas et je songeais alternativement à Lombroso et à Nabokov. Je les imaginais tous deux face à face devant le miroir, l'un ne parvenant jamais à être l'exact reflet de l'autre. Cesare disait à Vladimir :

« Rien, tu m'entends, salaud d'écrivain, il n'y a rien de l'autre côté de la glace. »

Et Vladimir répondait :

« Mais si, l'ami, d'ici, je t'assure, on voit très bien qu'il y a un expert, un grand expert. »

Et plus Lombroso frappait contre la vitre, plus Nabokov souriait en répétant : « ... un expert, un grand expert ». Et c'est alors que, moi aussi, j'ai entendu la voix d'un type qui me ressemblait et qui disait : « Viens, viens me rejoindre, tes mains, ces taches... » Je ne sais pas pourquoi, mais cette nuit-là, j'y suis allé. Vous n'êtes pas obligé de me croire mais en m'asseyant dans la voiture je n'ai pensé qu'une chose : « Tu vas faire ça très calmement, comme Humbert. Tu vas rouler, sans prendre de risques. Pour connaître ces sensations, une fois, au moins une fois. »

J'ai choisi une route que je connaissais bien et qui pourtant, sans doute à cause de l'heure tardive, ne m'a pas reconnu. Puis j'ai filé, lentement, comme il est dit dans le livre. Au début je n'arrivais pas à quitter la droite. Il me semblait impossible, ou du moins furieusement dangereux d'abandonner la rive, de changer de loi. Et puis je ne sais pourquoi, j'ai pensé aux Anglais. Je me suis dit : « Ne sois pas ridicule, eux font ça tous les jours. » J'ai revu Marble Arch, la neige qui coulait sur les fontaines et doucement, à la manière d'un type qui peu à peu guérit de son vertige, je me suis laissé glisser. La traversée m'a paru durer une vie entière. Les phares éclairaient le ventre des arbres et la ligne blanche sur la chaussée. Quand je l'ai franchie, il m'a semblé entendre un bruit de verre brisé. J'étais déjà passé *de l'autre côté*. Il m'a semblé qu'il y faisait plus frais, que l'air n'y bougeait pas et que les automobiles n'y faisaient aucun bruit. Je n'étais guère préoccupé de ce qui pouvait arriver en face. Je regardais seulement ce que je venais d'abandonner. Je n'avais pas le moindre regret. Alors j'ai continué de rouler, plus vite que Humbert pour accélérer les sensations. La route était rigoureusement propre, lisse et droite. La vie ne semblait plus avoir de contours, d'aspérités. Il suffisait de donner un coup d'essuie-glace pour déblayer les larmes. A un moment il m'a semblé voir le panneau d'East Grinstead, puis celui de Tunbridge Wells. C'est ainsi que j'ai compris que je vivais, sans le savoir, bien près de l'Angleterre, qu'elle était juste de l'autre côté de la route, qu'il suffisait de franchir la ligne blanche des conventions pour se retrouver dans le Surrey, seul et rassuré. Seul, au centre de ce vent qui ne décoiffe pas, qui ne souffle jamais tant il respire délicatement. Humbert Humbert ne m'avait pas dit cela. Par contre je n'éprouvais nullement le sentiment de pécher contre l'ordre et la loi. En fait, l'ordre et la loi n'avaient ici aucun fondement, aucun sens, aucune valeur, aucune consistance. J'avais seulement le sentiment de me débarrasser d'un vieux linge. En beaucoup plus définitif. La seule sanction que j'encourais était celle qui pouvait arriver d'en face, qui arrivait sûrement, qui était encore loin ou au contraire seulement à quelques minutes. Si Lombroso avait été assis à la place du mort, il aurait sans doute gesticulé, imploré et en définitive hurlé à la face de la nuit : « Arrêtez ce jeu, arrêtez ces folies, je savais bien que j'avais raison, que tous les gauchers ont le malheur au fond de l'âme et qu'ils sont dangereux. » Et, en bon psychiatre, il aurait crié au fou. Non, Cesare n'aurait pas supporté de voir les choses derrière les choses et d'accepter à la suite de Prévert qu'un nageur soit déjà un noyé. Cesare avait une âme de propriétaire, de petit possédant. Il défendait sa droite comme d'autres leur clôture. Sans doute avait-il peur de quelque chose. Peut-être du noir, peut-être de la ligne blanche, peut-être de Nabokov, qui n'en finissait pas de rire en répétant : « Mais si, Cesare, je vois un expert, un grand expert. » C'est à ce moment-là que j'ai aperçu au loin la lueur mourante d'une paire de phares. Je l'estimais encore à une bonne minute de moi. C'était le signal. Il fallait regagner l'autre rive, repasser de l'autre côté du miroir, rejoindre le Continent et laisser East Grinstead dans l'état de propreté où je l'avais trouvé en entrant. Il y avait bien une autre solution qui consistait à demeurer ici et à attendre jusqu'au bout, attendre le regard des halogènes, avec un sourire distancié qui caractérise les séparations indifférentes. Oui, il y avait bien cette autre solution. Un autre que moi vous aurait laissé supposer qu'il avait un instant hésité. Pour ma part, j'ai lentement fait glisser la voiture sur la droite en évitant toute interrogation suspecte. Cette fois, sur l'axe médian, il n'y eut pas de bruits de verre. Quelques instants plus tard, dans le parfait ordre des choses, je croisais un imposant camion de légumes. Ils devaient être frais. Ils embaumaient la nuit.

Le lendemain matin, il faisait beau, très beau. J'ai déjeuné d'un café au lait et d'une tartine de miel. Puis je me suis mis au travail. J'ai pris une feuille et j'ai écrit : « Considérez votre main gauche et devinez à qui elle appartient... »

4.

*« Il mettra les brebis à sa droite et
les boucs à sa gauche... »*

Matthieu, XXV, 33 à 41 : « Il mettra les brebis à sa droite et les boucs à sa gauche. Alors le roi dira à ceux qui sont à sa droite : prenez possession du royaume qui vous a été préparé dès la fondation du monde... Ensuite il dira à ceux qui seront à sa gauche : retirez-vous de moi, maudits, allez donc dans le feu éternel qui a été préparé pour le diable et pour ses anges. » C'est sûr, Dieu n'était pas gaucher. Dieu devait être un type comme les autres, avec ses forces, ses faiblesses, ses doutes et une certaine peur face à des situations qu'il ne maîtrisait pas. Le jour de son arrivée il s'est trouvé confronté à deux choses qu'il avait bien du mal à comprendre : la gauche et la droite. Ce n'étaient pas des êtres, ni des objets, mais juste deux abstractions, deux points de vue, deux façons d'équilibrer le monde. Sans doute devaient-elles vivre ensemble de toute éternité jusqu'à l'arrivée de cet homme-là, qui entendait tout changer et tout rebâtir à son image. C'est souvent le syndrome des nouveaux propriétaires. Alors Dieu commença à leur tourner autour, à les inspecter sous toutes les coutures. Il déplaça la droite à gauche et la gauche à droite. Il fut tout surpris de voir que cela ne changeait pas l'ordre des lois, que rien ne se passait sauf que l'une était invariablement l'image opposée de l'autre. C'est ainsi qu'il découvrit qu'elles étaient inséparables et complémentaires. Supprimer la première, c'était assassiner la seconde. Cette constatation ne l'avançait guère. Plus il réfléchissait, moins Il comprenait que ces choses-là aient pu exister avant lui, le précéder et instaurer un ordre calme, immuable qui lui échappait et que surtout il n'avait pas décrété. A un moment, la droite et la gauche ont dû se regarder et se dire qu'avec l'avènement de ce type-là les emmerdements allaient commencer. Elles ont contemplé, ensemble, une dernière fois le jour qui se couchait, puis se sont tendu la main. Il ne leur restait plus qu'à attendre la suite, c'est-à-dire qu'il vienne à Dieu une idée.

Cette idée se profila au matin du septième jour. Lorsqu'en rentrant de la messe, il trouva une nouvelle fois la gauche et la droite face à lui. De pareilles choses n'étaient plus supportables. Devant leur complicité évidente, Dieu songea même un instant à un complot. Il imagina un *golpe,* un *pronunciamiento,* il vit les chars, l'armée contre lui, un général à moustaches lui lancer : « Dieu, t'es cuit », il vit vaciller son royaume l'espace d'un instant. Alors, à la manière des préhominiens, fronçant le sourcil et les mains sur les genoux, il grogna : « Droite-Bien, Gauche-Mal. » Et, d'un coup de sceptre, il sépara les siamoises. Pour plus de sûreté, il glissa une plaque de verre entre les deux. Sans le savoir Dieu venait d'inventer le miroir et les ennuis. Ça s'est passé comme ça, à la virgule près. La suite ne fut que l'enchaînement logique de l'application d'un commandement divin par des subalternes. Curieusement, le jour de cet incident, à deux pas de là, se tenaient, côte à côte, deux autres notions qui n'en menaient pas large. Elles aussi étaient en place depuis toujours. Elles aussi étaient inséparables. Elles aussi après ce qu'elles venaient de voir étaient sûres d'y passer. Et pourtant Dieu ne s'intéressa pas vraiment à elles. Bien entendu il les sépara, mais sans les isoler totalement dans des cellules morales. Et c'est ainsi que le Haut et le Bas ont pu continuer de cohabiter en plus ou moins bonne intelligence sur les emballages en carton des réfrigérateurs. Cependant vous conviendrez qu'aujourd'hui un type qui habite en haut à droite est quand même beaucoup plus près du Seigneur que celui qui loge en bas à gauche. Celui-là végète dans l'antichambre du feu éternel, ce qui, à tout prendre, n'a pas que des inconvénients, surtout durant les hivers longs et rigoureux. Pourtant ce rez-de-chaussée de l'existence est souvent le pied-à-terre des ennuis. Nous appellerons cela le siège de l'indéfrisable du malheur.

Il est difficile d'imaginer à quel point la littérature, l'histoire, les sciences humaines ou sacrées rendent compte de cet état de fait. Elles le font sciemment ou par pure distraction. Ici pourrait commencer la visite d'un cimetière des habitudes où chaque fois le gaucher serait représenté par une croix. Ce n'est pas l'histoire d'un génocide incontournable que je vous propose. Pas davantage le précis d'un massacre ou d'un holocauste. Seulement une flânerie au travers de la plus durable, de la plus ancienne, et de la plus têtue de toutes les ségrégations.

Chez Plutarque, qui, comme son nom l'indique, avait l'habitude de remettre les choses au lendemain, on trouve des phrases comme : « Les pythagoriciens quand ils croisaient les jambes avaient soin de ne jamais mettre la gauche au-dessus de la droite. » Plutarque aussi. Dans un ouvrage traitant de la polarité religieuse et de la prééminence de la main droite, Robert Hertz découvre lui aussi d'étonnantes coutumes chez les Maoris, peuple vigoureux et noble faisant aujourd'hui les beaux jours des équipes de rugby australes. Chez ces jeunes gens pleins de santé, donc, le côté droit est sacré et demeure le siège de pouvoirs positifs et créateurs. La main gauche, par contre, est assimilée à la succursale des maléfices. Chez les Indiens d'Amérique du Nord, la main droite symbolise le moi, le je, le « j'existe donc je suis ». La gauche est ravalée au rang de porte-parole de la destruction et de la mort. Le consulat des souffrances, l'ambassade des malheurs. Aux Indes néerlandaises, on ligote le bras gauche des enfants indigènes pour qu'ils n'aient pas la tentation de s'en servir. Dans les tribus du bas Niger, les femmes n'ont pas le droit d'utiliser leur main gauche pour préparer la cuisine. Cette main est réservée aux « basses et immondes besognes ». Au Soudan, par contre, le gaucher jouit d'une curieuse réputation. Il passe pour détenir dans sa main gauche plus de force et de puissance que n'en auront jamais les droitiers. « Lors des travaux en commun, est-il écrit, un labour entrepris par un gaucher sera plus vite terminé, un champ semé par lui rapportera davantage. On plaçait aussi autrefois le gaucher en tête des troupes, en temps de guerre, pour gagner la bataille à cause de sa force. » Qu'il nous soit ici permis d'observer que cette « honorifique » position au combat est aussi la plus exposée, donc la plus dangereuse. On voudrait se débarrasser du gaucher au plus vite qu'on ne s'y prendrait pas autrement. Mais poursuivons notre analyse des coutumes soudanaises : « Le gaucher est plus fort que son père, sa descendance sera nombreuse, mais son père ne vivra pas longtemps. » Et voilà. Il fallait bien que ça sorte. Il fallait bien qu'à un moment ou un autre il soit dit que le gaucher est dangereux. C'est un costaud, soit, mais sa force peut se retourner contre les siens, contre son propre géniteur. Vous êtes prévenus. Un type à placer en première ligne en cas de castagne et à prendre ensuite avec des pincettes. Je les entends d'ici les Soudanais : « Mais si, vas-y gaucher, c'est toi le plus baraqué. Rien qu'à te voir, les autres regrettent déjà d'être venus. Vas-y, fonce en première ligne, c'est à toi que revient l'honneur de les soumettre. » A ces mots, le gaucher ne se sent plus de joie et fonce droit devant, comme toutes les proies. Et puis, quand l'innocent enfant s'écroule, criblé de sagaies, c'est le père qui soudain se sent rajeunir et qui sourit.

Aux Indes, les choses sont par certains aspects

similaires aux coutumes en vigueur en Occident. On place à sa droite la personne que l'on veut honorer, et la génuflexion ne saurait être faite qu'avec le genou droit que l'on porte à terre en signe d'allégeance et de respect. Autre symbole : une flamme qui s'incline vers la droite augure la réussite. Les choses se dégradent très vite par contre dès que la main gauche entre en scène. Autant la droite est gantée de noblesse, réservée aux actions valorisantes, n'ayant l'autorisation de toucher que les parties pures du corps (jusqu'à la ceinture), autant l'autre, la « sinistre », l'« immonde », l'« abjecte » ne doit jamais dépasser la taille et s'en tenir aux tâches les moins ragoûtantes. C'est elle qui procède aux ablutions suspectes, qui gratte, récure et désinfecte en rayant le plus souvent l'émail des pudeurs et des odeurs. Pendant ce temps la droite, altière, distante, regarde ailleurs « en tenant du bout des doigts le broc à eau ». A table, c'est pareil. La droite porte les aliments à la bouche pendant que la gauche, impérativement, doit pendre entre les jambes comme un bois sec. Ces règles se retrouvent dans toutes les strates, toutes les classes composant la société indienne. Ainsi, les balayeurs, déshérités parmi les pauvres, exercent leur activité de la main gauche, tenant la droite dans leur dos, repliée, préservée, à l'abri des déjections et des scories. Mêmes pratiques dans le domaine religieux. Chez les catholiques, le rituel est immuablement orienté à droite : bénédiction, confirmation, consécration, élévation, communion, tous ces gestes sont effectués de la main droite. En Inde, on retrouve semblables tics : lors de l'initiation tantrique, le prêtre pose sa main droite sur la tête de l'enfant, pendant que son père écrit, bien sûr de sa main droite, le nom de son rejeton sur un plat de riz. Et ce n'est pas fini. Dans l'univers des ashrams, il est dit : « On doit garder le bras droit découvert dans une chapelle consacrée au feu, dans un endroit où sont parquées des vaches, devant les brahmanes, en lisant des textes sacrés et en mangeant. » On remarquera que, en ce qui concerne la pratique du ski, du surf, de la plongée sous-marine et de la planche à voile, toute liberté est laissée au fidèle. Et pendant ce temps quel destin est donc réservé à la main gauche? « Elle est utilisée pour réaliser les opérations entachées d'impureté comme laver ses oreilles ou se moucher. » Je vous passe le détail des autres labeurs de « voirie ».

C'est peut-être pour toutes ces raisons que Hitler saluait de la main droite. Cette considération, pour être soudaine et, je vous l'accorde, quelque peu brutale, n'est cependant en rien farfelue. Surtout quand on sait l'amour que le petit peintre autrichien portait aux Aryens. Souvenez-vous de ces images d'archives où l'on voit toujours ces dignitaires nazis marcher une main derrière le dos. C'est toujours la gauche, observez-le. Ils ont repris et inversé les règles auxquelles doit se soumettre le balayeur indien. C'est également en Inde que le national-socialisme est allé chercher son emblème, son label. La croix gammée, svastika, dont les branches sont orientées vers la gauche, et à qui l'on prête des pouvoirs de fascination et d'hypnotisme, est en Inde le symbole de la gauche, du malheur, et emblème de Kālī, déesse de la mort.

On ne me fera jamais croire que toutes ces anecdotes convergentes ne se sont pas incrustées à la longue dans le patrimoine génétique des hommes. Que l'on me permette également de me poser cette question : Comment et pourquoi, malgré les humiliations, les persécutions, les castrations et les frustrations, y a-t-il pu avoir sur la planète une proportion quasi constante de gauchers? Il s'agit là d'un miracle bien plus étonnant que celui de la vie ou de l'Immaculée Conception. Ce lot d'irréductibles, par essence minoritaire, hétérogène, ne parlant pas la même langue, n'ayant pas la même couleur de peau, et subissant pourtant sous tous les climats, toutes les cultures et toutes les civilisations les mêmes sévices, les mêmes outrages... C'est bien là, oui, une drôle d'affaire. Une particularité sans doute unique dans toute l'histoire humaine. Une énigme insoluble. Un peuple sans terre, sans patrie, sans langage commun, disséminé au hasard du globe et qui semble animé d'un seul désir : transmettre et transmettre encore le secret. Sans que l'on sache vraiment lequel. Ni à quoi il sert ni pourquoi il est si précieux.

On pourrait penser que les Chinois, sages lecteurs de la durée, initiateurs du yang et du yin auraient contribué à nuancer le martyre du gaucher dans leur civilisation. Or, s'il est vrai que la prééminence de la gauche et de la droite a varié dans ce pays au fil des siècles, il n'en demeure pas moins que, selon les conclusions du sinologue Marcel Granet, dans *Études sociologiques sur la Chine*, la Chine a été elle aussi foncièrement droitière. On apprenait aux enfants à manger exclusivement de la main droite et les gauchers à certaines époques étaient tenus pour des anormaux. Par ailleurs, on a retrouvé des travaux de calligraphes ou de peintres gauchers datant des XIe, XIIe, et XVIIe siècles (période Song et Ts'ing). Commentaire des normalisateurs de l'époque, à propos de ces œuvres : « Il s'agit là de choses mineures exécutées par des hommes élevés par des malades qui avaient éduqué exclusivement leur main gauche. » Ici, on notera que le gaucher en tant que tel n'existe même plus. Il devient seulement le produit artificiel d'un cerveau pervers. Pourtant, à l'opposé de ces réflexions extrémistes, on trouve Lao-tseu. Immuable. Permanent. Malin comme un singe. Il écrit : « Quand le gentilhomme est chez lui, il honore la gauche. Lorsqu'il porte les armes, il honore la droite » (*Tao-tö king*, XXI).

Au travers de cela, on comprendra qu'en plus d'être un esprit fin, Lao était foncièrement antimilitariste, qualités allant d'ailleurs souvent de pair. Dans le temps et l'histoire, on trouve ainsi quelques types piqués par on ne sait quelle mouche suicidaire qui se sont mis, certains à défendre le gaucher, d'autres à prêcher pour l'ambidextrie. Leur credo est simple, toujours neuf, inaltérable : on a deux mains, il est donc stupide de privilégier l'une plutôt que l'autre, de sacraliser un côté et d'inféoder son contraire. Apprenons plutôt aux deux à s'entraider, se surpasser, apprenons à nous en servir harmonieusement, équitablement. Imaginez-vous, un homme doté réellement de deux mains de force, d'habileté, de douceur égales? Oui, je sais, ce serait certainement la fin des miroirs artificiels, la mort des latéralités, la chute des frontières, des contraires et Dieu prendrait un sacré coup de vieux. Ceux qui ont milité pour cette utopie s'appellent Platon, Rousseau et Benjamin Franklin avec notamment sa « Pétition de la main gauche à ceux qui ont la surintendance de l'éducation ». De nos jours, ce point de vue n'est guère défendu que par quelques Anglo-Saxons. Ainsi Kenneth Martin écrit-il : « La démocratie a l'obligation de procurer à chaque enfant une éducation allant jusqu'aux limites de ses capacités. Nous ne remplissons pas nos obligations en installant comme c'est souvent le cas des sièges d'auditoire avec un seul bras, des systèmes d'éclairage qui obligent l'étudiant gaucher à écrire à l'ombre de sa propre main, ou dans des classes techniques des tables de travail avec équipement à droite. »

Voilà comment, parti d'une entrevue avec Dieu au début de l'histoire, on se retrouve *ad libitum* les pieds dans la sciure de bois, près d'un établi, entre une fraiseuse et une dégauchisseuse, à se dire qu'un accident du travail est bien vite arrivé. Et si dans l'affaire une main doit déguster, autant alors que ce soit la gauche. Sauf s'il s'agit de toucher une indemnité. Car de ce point de vue votre main droite n'a pas le même prix que votre main gauche. Ici, nous pénétrons dans un monde tordu, ubuesque où la désarticulation « interscapulo-thoracique » a son prix comme le rognon d'agneau ou la côte de veau. Donc si vous êtes gaucher et qu'à la suite d'un accident on vous ampute de votre main directrice, préparez-vous à entrer corps et biens dans les ennuis. Car inévitablement lorsque l'expert viendra évaluer les dégâts sur votre moignon, soyez à peu près certain que sa première remarque sera : « Oui, oui, je vous comprends, mais il faut me prouver que vous étiez gaucher. » Vous n'aurez alors même pas la ressource de lui mettre votre main sur la figure. Cela dit, si vous êtes gaucher et que vous perdez votre main droite, il vaut mieux prendre un air catastrophé et dire aux assurances que vous avez toujours été droitier. Voici en effet quelques extraits d'un tableau d'indemnisation d'après un « guide barème » militaire en vigueur en 1919 :

	Côté droit	*Côté gauche*
Coude ballant	50 %	40 %
Amputation du bras	75 %	65 %
Amputation au tiers supérieur	80 %	65 %
Fracture de l'avant-bras avec suppression des mouvements de torsion et immobilisation en supination ...	35 %	25 %
Pseudarthrose des deux os avec avant-bras ballant....	40 %	30 %
Perte totale d'une main par amputation atypique intra-carpienne	65 %	55 %
Perte des deux mains..........	100 %	

On notera avec jubilation qu'en cas de double amputation l'armée vous fait un prix avantageux en vous indemnisant la main gauche au même prix que la droite pour atteindre le seuil mythique des 100 pour 100. C'est d'ailleurs le seul cas de parité dans ce barème de trois pages. Ce n'est donc qu'une fois morte que la main gauche est considérée comme ayant la même valeur que la droite. Pour le reste voici la lecture que les experts font de la situation :

« La main gauche, dans l'exemple du gaucher amputé, ne vaut pas 70 % mais un peu moins, puisque cet ouvrier est capable d'exécuter avec sa main droite une série d'actes que le droitier ne peut faire de sa main gauche. De ce fait d'ailleurs la main droite du droitier est globalement plus habile que la main gauche du gaucher, si bien que la main droite du gaucher doit être évaluée à un taux légèrement supérieur à la main gauche du droitier, ce taux compensant justement la différence indiquée précédemment. La différence de taux n'est pas d'ailleurs à notre avis énorme mais devait être cependant théoriquement indiquée. »

Je vous jure que je n'ai pas changé une virgule. On le voit, les assureurs sont des gens épatants. Les médecins ne sont pas mal non plus. Ainsi dans un traité de psychiatrie paru en 1934, on peut trouver une étude intitulée : « La gaucherie est-elle une anomalie ? Rien ne semble le prouver jusqu'à présent ». Celui qui a publié cette communication n'était pas un courageux. Il faut dire qu'à l'époque tout le monde marchait sur des œufs quand il s'agissait d'aborder le sujet. En ces temps pas si lointains, la thèse dominante pouvait se résumer à l'opinion du docteur Roubinovitch, toujours développée dans ce même texte :

« Dans le milieu très particulier des enfants anormaux que j'observe, j'ai constaté que la gaucherie est infiniment plus fréquente chez ces enfants que chez les enfants de nos écoles. Mais tandis que la gaucherie est très rare chez les sourds-muets qui sont plutôt naturellement droitiers, chez les enfants arriérés et débiles la gaucherie est beaucoup plus fréquente que la droiterie. Par conséquent j'estime que la gaucherie est plutôt un fait d'anomalie constitutionnelle et génitale qu'un fait de négligence éducative. »

Roubinovitch était un imbécile cultivé. L'espèce la plus dangereuse. Cela dit, il n'était pas le seul. Ceux de ses confrères qui l'ont lu et même critiqué par la suite n'étaient guère plus perspicaces. Ainsi dans un texte tiré de *Allgemeine Zeitschrift für Psychiatrie,* l'un d'eux, pourtant, se risque à écrire :

« Bien qu'on ait trouvé un pourcentage plus élevé de gauchers chez les débiles mentaux, nous ne croyons pas que cela soit une preuve suffisante pour admettre que la gaucherie constitue une marque d'infériorité intellectuelle. Car d'un autre côté nous avons connu des gauchers célèbres. » *Sic transit gloria mundi.*

« Il mettra les brebis à sa droite et les boucs à sa gauche. » Maintenant je vais vous dire ceci : si un dimanche à la campagne, au détour d'un enclos, je croise une paire de boucs, puant comme il se doit, pataugeant dans la fange, le museau criblé d'im-

85

pétigo, les pattes calleuses, l'haleine fétide, le cuir rongé par la pelade, réclamant aide et secours en criant : « Sortez-nous de là par pitié, je suis le professeur Lombroso et lui, c'est mon confrère Roubinovitch », alors, et alors seulement, je me poserai le problème de l'existence et de l'utilité de Dieu.

5.

*L'état des choses. L'état des choses
est un ordre fragile...*

L'état des choses. Le problème avec elles, c'est qu'on ne sait jamais si c'est nous qui leur donnons leur réalité ou si ce sont elles qui nous regardent en se disant : « Comment feraient-ils si nous n'étions pas là. » L'état des choses est un ordre fragile. Comme celui des mots. Car il faut bien y revenir à ces mots. Ce sont souvent eux qui nous mènent par le bout de la langue. Nous les utilisons sans savoir vraiment où nous voulons en venir, alors qu'eux ont déjà en tête leur propre idée de la fin de l'histoire. L'état des mots est une principauté des apparences. En plus, contrairement à ce qu'il nous est donné de penser communément, les mots se comprennent entre eux, même les étrangers, même les plus lointains, même les plus improbables. Dans le cas qui nous occupe ils forment une sorte d'Internationale du mépris. Nous avons vu à quel point le vocabulaire français connotait plus que défavorablement toute idée de gauche. Figurez-vous qu'il en est de même dans la plupart des langues, mortes, malades, agonisantes ou au contraire bien vivantes. Le gaucher n'a donc aucune issue, aucun exil possible. Toute terre d'asile, même la plus basse, la plus inculte, la plus ingrate, lui est interdite.

Partout, l'état des mots veille avec cette intransigeance qui fait la force des frontières. Partout, le gaucher est attendu pour être éconduit, refoulé. A ma connaissance, il n'existe pas d'exception. Du point de vue de la langue, il n'y a rien à faire. Platon, avec une certaine ingéniosité, avait déjà fait le lien entre l'état des choses et celui des mots en se posant la question de savoir si les premières ne portaient pas en définitive les patronymes que tout simplement elles méritaient. Ainsi il écrit : « Cratyle, que voici, prétend que toute chose a son nom juste, lui convenant par sa nature. » S'il en est ainsi, on peut alors dire que le jour de la séparation éternelle de la droite et de la gauche, souvenez-vous, Dieu a eu la main heureuse et a parfaitement réussi son coup. Et, curieusement, le temps qui a le pouvoir d'arrondir les angles n'a nullement ici arrangé les choses, pas plus que les mots. *Recht,* en allemand, veut dire « droit », mais aussi « juste », « exact ». *Links,* bien sûr, c'est « gauche », mais également « faux », « maladroit ». En italien, un « gaucher » se dit *mancino*. Le second sens de *mancino* est « voleur ». *Right ?* voir *Recht*. A l'inverse, si *left* demeure en anglais un mot neutre, *sinister* devient dans cette langue l'antichambre de l'Apocalypse. On peut le traduire par néfaste, funeste, menaçant. En sanskrit, « gauche » se dit *Vama*. Définition connexe : « défavorable, cruel, vil, bas, hostile, méchant ». Voyons maintenant le basque, pays du béret, de la pelote et du gâteau. En euzkadi, main droite se dit *eskuin*. *Eskuin* se compose de *esku,* « main », et de *in* qui signifie « bon ». Toujours dans cette langue, la main gauche se dit *esku-erdi* que l'on peut traduire par « moitié de main ». Ici, la gauche est tellement dépréciée qu'on lui enlève 50 pour 100 de son identité. Après ça, allez militer pour la cause basque qui réclame l'autonomie et la reconnaissance de son peuple! Comme quoi on est toujours l'oppresseur de quelqu'un. D'ailleurs les Espagnols ont parfaitement assimilé le phénomène et pour une fois font cause commune avec leurs opposants traditionnels pour refouler vers Hendaye ou Biriatrou l'ennemi commun. En espagnol, gauche se dit *izquierda*. *Izquierda, esku-erdi,* vous m'avez compris, même combat. Ne parlons pas des Latins, peuple louche s'il en est, étant d'ailleurs à l'origine, du moins en partie, de cette ségrégation verbale. En grec, en suédois (*venstre*), en monégasque, même s'il est déguisé par quelques maquillages, quelques artifices ou euphémismes, le mot « gauche » demeure indécent. Tiens, il tombe bien celui-là.

« Indécent, venez ici. D'où venez-vous?

— Moi, m'sieur? De la phrase précédente.

— Indécent, je vous conseille de ne pas faire le malin, je suis suffisamment énervé comme ça. Je vous demande votre étymologie.

— M'sieur, je viens du latin *decet, decus,* qui veut dire " convenable ".

— Vous ne seriez pas parent avec *dexter? Dexter, decus,* ça se ressemble tout ça...

91

– Si, m'sieur, on est de la même famille. Tous des gens bien à droite.

– C'est quoi votre devise déjà?

– Toujours être du côté du manche.

– Vous avez des ennemis héréditaires, mon petit?

– Oui, m'sieur, la gauche.

– C'est bien, mon enfant, allez. A l'avenir, cependant, évitez de traverser comme ça les phrases en courant, vous pouvez renverser quelqu'un.

– Bien, m'sieur. »

Cela fait bien des pages que je repousse le moment où inévitablement je devrai vous expliquer pourquoi cette fameuse main droite est partout considérée comme supérieure à la gauche. Je ne sais que vous en dire, voilà pourquoi je repousse cet instant. En vérité, personne n'est sûr de rien. On peut lancer des hypothèses, émettre des idées ou des chèques sans provision, cela revient à peu près au même. Il y a un moment où l'on se retrouve coincé. Un peu comme pour l'histoire de la naissance du monde. On est remonté très loin aujourd'hui dans le ventre de ces premiers instants, on a reconstitué in vitro les étapes de cette genèse pétaradante, on est arrivé à quelques microsecondes du big et du bang et puis on bute.

Un peu comme si soudain le temps s'était contracté, rétracté dans cet embryon infinitésimal, si proche de l'origine, pour préserver le secret des curiosités de la connaissance. Pareil pour la gauche. Il arrive un moment où il devient impossible de raconter les raisons véritables qui l'ont conduite au ghetto et au cachot. Voici pourtant, en vrac, toutes les thèses que l'on a soutenues, parfois, à bout de bras sur le sujet.

La plus expéditive : ROUSSEAU.

« Au départ la gauche était bonne, c'est la société qui l'a rendue mauvaise. » Comme le dit Pierre Dac : « Ceux qui ne savent rien en savent tout autant que ceux qui n'en savent pas plus qu'eux, mais il n'y a aucune raison pour qu'ils ne le fassent pas savoir. »

La plus déboussolante : L'HISTOIRE DES POINTS CARDINAUX.

D'après cette théorie, les mots « gauche » et « droite » n'auraient aucune connotation particulière. Seule leur association aux points cardinaux leur donnerait une valeur qualitative. Ainsi l'est, le levant, le miracle du jour qui naît du soleil qui apparaît et qui réchauffe serait « bon ». L'ouest, par contre, avec le déclin de la lumière, le retour de l'angoisse, du froid et de la peur évoquerait le « mal » ou du moins le mal-être. Jusqu'à présent, les choses paraissent simples. Ce qui complique l'affaire, c'est que, alternativement, selon l'endroit où se trouve l'observateur, sa main gauche ou sa main droite désigne l'aurore ou le crépuscule. Pourtant, au niveau de la langue, on note parfois des concordances. Par exemple, en hébreu, où *yamin* veut à la fois dire

« droit » et « sud », et *sem'ol,* « gauche » et « nord ».
Quel rapport avec l'est et l'ouest? Aucun, justement,
aucun.

La plus misogyne : nous pourrions appeler cette
   thèse : « MAMANS, SI VOUS SAVIEZ. »

Platon émit un jour cette idée : « Nous sommes
en quelque sorte manchots par la faute des nourrices
et des mères. La nature avait donné à nos deux bras
la même aptitude pour les mêmes actions. C'est
nous qui les avons rendus fort différents l'un et
l'autre par l'habitude de nous en servir. »
   Au fil du temps, nous serions donc devenus pour
la plupart droitiers parce que, dans notre prime
jeunesse, nos géniteurs nous tiennent sur leur bras
droit. De ce fait, notre côté gauche se trouve conti-
nuellement comprimé, prisonnier, et c'est donc notre
main droite qui s'exerce à l'apprentissage de la liberté.
   Une théorie qui, on va le voir, ne dépasse pas,
c'est le cas de le dire, le stade de l'enfantillage.
Pourquoi? d'abord parce qu'il est faux de dire que
la plupart des mères portent leur enfant sur le bras
droit.
   C'est au contraire l'inverse. Pour une raison évidente : laisser leur main droite libre d'accomplir
d'autres tâches. Ensuite, dans le cas où l'on néglige
cette première remarque, cela n'expliquerait en rien
pourquoi les mères tiendraient leur rejeton sur le
flanc droit. Car on viendrait à présupposer qu'elles

94

étaient toutes droitières dans l'esprit de Platon. Et, là encore, on en arrive à l'essentielle interrogation : pourquoi étaient-elles droitières? Réponse de Platon : parce que leurs mères et leurs grand-mères l'étaient également. Cela peut fonctionner, par induction, jusqu'à l'extrême limite. Mais il est un point de l'arbre généalogique où tout se bloque. Toujours le même. Pourquoi la première mère aurait-elle été droitière, et ensuite, dans cette éventualité, comment a-t-il pu y avoir des gauchers? Et là Platon se tait. Bien plus tard, et nous y reviendrons, la science devait découvrir que notre côté gauche était dirigé par notre cerveau droit, tandis que le gauche contrôlait notre flanc droit. Cela n'a aucun rapport avec ce qui précède, mais a au moins le mérite de rendre les choses encore plus compliquées. L'homme donc marche en X, ce qui ne l'empêche pas de boiter d'une main. Bon Dieu, il est des moments où l'histoire de l'espèce ressemble à la salle de travail d'un centre de rééducation fonctionnelle.

La plus belliqueuse : LE SYNDROME DU BOUCLIER.

Cette fois, nous partons pour la guerre. La vraie guerre, avec ses combats singuliers, d'homme à homme, face à face et à pied. C'est-à-dire que nous allons remonter aux sources de nos origines, époque où le partage des arbres, des terres, des femelles et des idées se négociait à coups de gourdin. Donc ceux qui soutiennent la thèse dite, par nous, « du bouclier » expliquent à peu près ceci : la prédominance de la droite vient du fait que, très tôt, l'homme a découvert qu'il avait tout intérêt, lorsqu'il guerroyait, à protéger son cœur. Il devait donc préserver son côté gauche de toute atteinte. C'est ainsi que naquit l'idée du bouclier. Mais pendant que la main droite moulinait et taillait dans les côtes de l'adversaire, elle ne pouvait tenir la targe. L'homme appela donc la main gauche à la rescousse et lui intima l'ordre de s'occuper de ces problèmes de défense. C'est ce qu'elle fit pendant des siècles. Repliée contre le corps, juste là pour tenir coûte que coûte et amortir les chocs. Un boulot de misère. Pendant ce temps, la droite virevoltait dans les airs, apprenait à feinter, ruser, simuler, aiguisait ses réflexes, sa puissance, sa vivacité. C'est ainsi que, eu égard à ses prouesses, elle fut autorisée à baiser la main des dames, à serrer celle des messieurs, à jurer de dire toute la vérité, rien que la vérité, à sceller des pactes, signer des contrats, nouer des alliances et conclure des marchés. L'autre, simple amortisseur de combat, patte de tôle, accessoire de castagne, bout de baston, fut réduite à la condition et au rang de travailleuse temporaire spécialisée dans le traitement des basses besognes. Voilà comment la droite devint « bonne » et la gauche « mauvaise ». Et, comme une fois encore, il faut bien faire coïncider l'état des choses avec celui des mots, les partisans de cette thèse, après de minutieuses fouilles dans les bouches des langues, ont trouvé une correspondance troublante en kymrique, dialecte gallois, aujourd'hui fréquemment utilisé sur les marchés des échanges internationaux. Dans ce patois, « gauche » se dit *asw;* et « bouclier » *asway.* Il n'en fallait pas davantage pour que certains, terrassés par de tels arguments, déposent les armes.

Voilà où nous en sommes. Pratiquement à notre point de départ. La naissance des injustices, le big bang de la ségrégation, est encore loin. On n'en perçoit encore ni le bruit ni la lueur. Tout cela semble enfoui quelque part dans un coin. En haut, en bas, à droite ou à gauche. De temps en temps, on découvre un indice qui n'éclaire rien, qui ne fait qu'entretenir le trouble et la confusion. Saviez-vous par exemple que pour les marins bretons l'Océan avait un sens, qu'il existe une « mer droite » *(ar mor dehou)*, une « mer gauche » *(ar mor klei)* et que, chez les Grecs, « les oiseaux venant de droite présagent un heureux événement »? Oui, voilà à peu près où nous en sommes. A quatre pattes, réduits à renifler les odeurs mortes, à fouiller dans les poches du passé, à mesurer la longueur des bras des cadavres pour deviner laquelle des deux mains avait la prééminence, comme des légistes affairés et des inspecteurs sceptiques. Oui, nous voilà réduits à guetter les oiseaux, regarder le ciel, à interroger les points cardinaux sérieux comme des papes, pour qu'ils nous fassent un signe, juste un signe, qui nous indiquerait les humeurs du levant ou du couchant. Certains en ont perdu le sommeil, la paix et le repos. Et s'il le faut, s'il le faut, le big bang n'est qu'un pétard mouillé. S'il le faut, on a même tout faux. S'il le faut, c'est le problème qui est posé à l'envers. Imaginons que *Rechts und Links* soient le simple fait du hasard. Qu'il y ait une constante permanente irréductible et autorégulée sur terre depuis que le monde est monde. Imaginons que le clan des gauchers ait été de tout temps – ce qui est le cas – minoritaire. Imaginons maintenant que les droitiers, la grande majorité, aient imposé un « droit », un code et des règles en relations étroites avec la prééminence de leur main. Imaginons qu'ils aient vénéré leur main droite justement parce que c'était elle qui les nourrissait, qui portait l'aliment à la bouche. Imaginons qu'ils en aient tiré des conclusions comme « la droite, c'est la vie », « la droite, c'est Dieu », « la droite, c'est le plaisir ». Imaginons que, du même coup, ils aient considéré les gauchers comme des estropiés, des déviants, des malades ou, après tout, comme seulement des types différents. Imaginons que, comme toute majorité, ils aient voulu leur imposer leur constitution, simplement leur constitution, et voilà que se volatilise Rousseau, que s'atomisent les points cardinaux, que le bouclier ne protège plus rien si ce n'est les « mères » du ridicule. Vous voyez comme le hasard arrange parfois merveilleusement les choses, comme il arrive à mettre de l'ordre dans leur état? Et cela avec la seule police des mots. Parfois, on a le sentiment de tenir en équilibre sur un fil de cristal.

Alors, avant qu'il ne se rompe, on se raccroche aux branches. Celle de la médecine, par exemple. Et, autant que possible, légale. Dans un traité, le docteur Schafer, qui, lui, ne s'embarrasse pas de considérations philosophiques, écrit :

« La droiterie ou la gaucherie est due à un calibre plus grand des vaisseaux des arcs branchiaux chez l'embryon, soit à droite, soit à gauche. Il en résulte une irrigation plus intense de l'hémisphère correspondant aux arcs branchiaux dont les vaisseaux sont plus gros. Donc la gaucherie et la droiterie dépendent d'une constitution physiologique, et peut-être histologique, particulière de l'hémisphère gauche et de l'hémisphère droit. »

C'est fou, mais quand on s'adresse à un spécialiste on n'est jamais déçu. Avec lui pas de conditionnel ni d'enluminures. Comme, de toute façon, il n'est pas possible d'aller plus loin, autant rester sur ce point de vue de légiste qui a au moins le mérite d'être tranché. A ceci près que je n'arriverai jamais, pour ma part, à admettre que le monde puisse appartenir à des types qui ont simplement des tuyaux d'arcs branchiaux plus gros à droite qu'à gauche. Ou alors c'est à désespérer de tout, du hasard, et du reste.

6.

Une fois, j'ai fait un combat de boxe. Avec un ring et des rounds, un gong et des gants...

Quand je le raconte, généralement personne ne me croit. Et pourtant. Pourtant, une fois, j'ai fait un combat de boxe. Avec un ring et des rounds, un gong et des gants. Le plus extraordinaire, c'est que mon adversaire avait le même prénom que moi et qu'il était gaucher. Si c'était à refaire, avec ce que je sais aujourd'hui de la loi des miroirs, je n'aurais jamais accepté le défi. Dans la vie, Jean-Paul était un être charmant. Mais, dès qu'il mettait des gants, il devenait aussi avenant que le mur de Berlin. Un jour, il me proposa un petit match, comme ça, dans sa salle d'entraînement, histoire de se détendre. C'est ainsi qu'il m'a étendu. Au début, comme je me méfiais, j'ai commencé à tourner autour de lui. Je lui décochais même de temps à autre quelques petits *jabs* qui, bien sûr, s'écrasaient dans ses gants, mais me donnaient l'illusion au moins à ce moment-là de faire jeu égal. Je sautillais sur mes semelles et le monde me semblait léger, inoffensif. Lui, restant au milieu du ring, les pieds bien à plat, se contentait de me suivre du regard comme on surveille le vol fatal d'un coléoptère déjanté et fiévreux. Moi, je le trouvais lourd, emprunté, hésitant, et, à cet instant, je décidai de lui mettre une bonne droite. Elle n'arriva jamais. Je ne sais pas ce qui s'est passé, mais je me suis soudain senti soulevé du sol par une boule qui me rentrait dans le ventre. Je me suis étalé dans les cordes. Lui commençait à sautiller, les deux poings bien ajustés, attendant que je me relève. C'est là que je me suis mis à douter. De tout, de moi, de la boxe, et des gauchers. A peine m'étais-je remis debout qu'il m'en collait une sur la joue. Je crois qu'entre le protège-dents j'ai gueulé : « Tu déconnes. » Jean-Paul s'est un peu écarté et m'a dit : « Allez, relève-toi, c'est bientôt la fin de la reprise. » Et, moi, je l'ai cru, ignorant que c'était à ma fin que je touchais. Je me suis jeté sur lui balançant gauches et droites à la fois, me ruant vers mon châtiment les bras presque grands ouverts. Je me souviens de l'avoir vu ajuster. Je revois encore son regard clair et précis, ses yeux méchants, sa moustache à poil dur et ses lèvres molles. J'ai même vu partir son gauche. Après il y eut de la musique, de la grande musique. Les chœurs reprenant le kyrie à pleine gorge pendant que j'avais les bras en croix. Dans ces moments l'illustration sonore est très importante. J'ai senti quelque chose de froid et gluant sur le visage, cela avait la consistance d'une éponge ou d'une serviette détrempée. Quelqu'un a dit : « Il ouvre les yeux. » Mon copain a ajouté : « Tu nous as fait peur. » J'avoue que j'étais à deux doigts de m'excuser.

Tout cela pour vous dire qu'il faut se méfier des gauchers en matière de sport.

S'il est un domaine où cette minorité excelle, où elle prend sa revanche sur son destin, où au lieu d'être méprisée elle est crainte, c'est bien dans la compétition. Si les gauchers effraient à ce point, c'est parce qu'ils emportent tout sur leur passage. Ce n'est pas une image ou une vue de l'esprit, c'est la réalité statistique. Surtout dans bien des disciplines d'opposition. Escrime : aux jeux Olympiques de Moscou, les huit finalistes du fleuret masculin étaient tous des tireurs gauchers. Aux jeux de Los Angeles quatre parmi les cinq sélectionnés français de ce sport étaient également gauchers.

Prenez maintenant le tennis : les plus fins tamis étaient et sont encore des *left-handed*. Rod Laver, Orantes, McEnroe, Vilas, Connors, Tanner, Leconte, Martina Navratilova. Depuis des années, ces gens-là, sans même peut-être le savoir, militent pour la cause. Ce sport de *country club* qui, par le mystère des modes endémiques, a conquis les sous-préfectures a paradoxalement révélé l'« État gaucher », la « conjuration » ainsi qu'il est dit dans certains magazines. Un État qui pourtant, jusque-là, avait mauvaise presse, tant ses citoyens passaient pour des êtres empotés, maladroits, malhabiles, handicapés. Grâce aux colères colorées de McEnroe, petite peste, grâce au carnage conquérant de Connors, bûche au bras d'or, grâce aux valses de Vilas, gouape mondaine, bien des parents ont poussé le petit dernier à s'exprimer librement de sa main gauche espérant, qui sait, servir un jour grâce à lui le punch-délice dans le saladier de la coupe Davis. Dans ces sports, on parle, comme je vous l'ai dit, de la conjuration des gauchers; et de fait, Catilina y reconnaîtrait les siens.

En boxe et en ping-pong, le phénomène est semblable, même si la proportion est ici moins flagrante. Alors que, dans la population actuelle, on estime environ à 10 pour 100 la proportion de gauchers, on en dénombre près de 40 pour 100 dans les classements des meilleurs tennismen et tenniswomen. Rien qu'en France, en 1981, on trouvait 6 gauchers parmi les 30 meilleurs joueurs nationaux. Pourquoi cette surreprésentation au sommet de la pyramide?

On peut invoquer plusieurs paramètres. D'abord, le phénomène que l'on pourra appeler « l'effet de rareté ». La théorie est simple : c'est parce qu'ils sont peu nombreux que les gauchers désemparent et désorientent dans le vrai sens du terme leurs adversaires. Le droitier perçoit leurs coups comme contraires. Il n'est plus en phase avec son adversaire. Il affronte un miroir, joue sur une autre gamme et dans un registre légèrement désaccordé, décalé. Il se produit alors un syndrome de dissonance, ainsi qu'il en existe en musique. Cette explication, si elle est valable, en tennis notamment, ne tient plus quand on prend en compte l'escrime, domaine où le gaucher est majoritaire. L'effet de rareté et de surprise n'a plus cours. J'ai interrogé un entraîneur qui s'est longtemps occupé de gauchers, il m'a répondu quelque chose de troublant.

« Je ne suis pas sûr que les gauchers n'aient pas

106

en tête un tout autre jeu que les droitiers. Lorsqu'on réfléchit ensemble à des techniques ou à des tactiques, je leur dis des choses que des droitiers ne pourraient pas comprendre. »

Il existerait donc un mental de gauche spécifique qui induirait un geste « anormal ». En fait tout se passe dans la tête. Un instant il faut oublier la main et regarder l'intérieur de nos crânes, là où tout commence. En schématisant à l'extrême, on peut dire que l'hémisphère droit de notre cerveau commande notre flanc gauche, tandis que le gauche régit le droit. Nous sommes donc des êtres en X, inversés et complexes au point que l'anatomie, dans certains cas limites, perd elle le sens de la mesure, des convenances mais aussi de l'orientation. (On a recensé quelques cas d'individus nés avec le cœur à droite, et l'intestin enroulé de façon contraire à la normale.) Mais revenons à nos X. Diverses études comportementalistes ont mis à jour le fait que nos hémisphères avaient chacun leur fonction particulière. Ainsi, dans le gauche, se trouve le siège du langage, sorte de centre de traitement et d'identification des signes linguistiques. Prenons maintenant un gaucher et un droitier. Chez le droitier, en fonction de notre configuration croisée (X), l'hémisphère gauche contrôle à la fois l'hémicorps prévalent (côté droit) et les centres du langage. Chez le gaucher, si l'hémisphère droit du cerveau assure bien le contrôle de l'action sensorielle et motrice de l'hémicorps prévalent (côté gauche), on a par contre observé que, dans la plupart des cas, le siège des fonctions du langage demeurait dans l'hémisphère gauche. En clair, par rapport aux droitiers, êtres en X de référence, le gaucher fait figure de « X moins », en ce sens que son cerveau n'est pas totalement inversé. On va voir que c'est justement ce « moins » qui se transforme en « plus ». C'est à partir de cette différence que l'on commence à comprendre pourquoi les gauchers gagnent. C'est assez simple.

En situation de compétition où le temps et la vitesse sont des paramètres essentiels, les gauchers pourraient être avantagés du fait d'une harmonieuse répartition des tâches à l'intérieur de chaque hémisphère. En effet, tandis que, chez le droitier, l'hémisphère gauche (directeur) traite à la fois l'information et le geste, chez le gaucher, l'analyse de la situation se fait d'un côté (gauche) et sa résolution est accomplie par l'autre (droit). Il n'y a donc pas de chevauchement, d'encombrement, pas d'« interférences ». Les émissions sont claires. Et ce problème de clarté n'est pas aussi anodin qu'il y paraît. Il a fait l'objet d'une analyse. Des chercheurs américains de la Duke University ont établi qu'une activité verbale « interfère plus fortement avec l'exécution d'une tâche manuelle lorsque la main droite plutôt que la gauche est utilisée ». Il y aurait donc phénomène de surcharge semblable à celui d'une saturation sur un standard téléphonique. En fait, l'hémisphère dit : « Je suis seul, je ne peux pas tout faire. » Une même expérience menée sur des gauchers montre une réduction sensible de l'encombrement. C'est normal puisque chaque hémisphère accomplit son propre travail. On remarqua ainsi que les gauchers étaient plus « performants » que les droitiers. Vous me direz que l'on a rarement vu un champion d'escrime ou de tennis tirer ou smasher en racontant sa vie. Vous aurez tort. Car si, effectivement, l'athlète ne jacasse pas sur le court à voix haute, il vous avouera que tous ses efforts s'accompagnent « d'une intense verbalisation interne ». Cela veut dire qu'avant de frapper, quand il voit arriver la balle, il pense très vite : « Aïe! Il l'a coupée à mort et en plus ça sent l'amorti à plein nez. Il faut que je fonce sinon celle-là, je ne la rattraperai jamais. Allez, on y va. »

Chez le champion droitier, tous les centres d'analyse et d'action se trouvant à gauche, le geste et la parole se bousculent, interfèrent, cafouillent, crachotent. Au bout du compte, il perd du temps, rien, trois fois rien, mais il en perd. Le droitier est une sorte de caricature du président Ford dont on disait qu'il était incapable de marcher et de mastiquer son chewing-gum en même temps. Le gaucher? c'est l'homme qui avance en parlant. Il smashe, « volleye » ou transperce en vous demandant en même temps si vous avez lu le dernier Bukowski. Jamais de surcharge, deux émissions bien claires pour deux missions distinctes. Et, au final, c'est lui qui vous le plante, bien au milieu du dos ou au ras du filet.

On voit donc que dans des face-à-face où l'urgence est un facteur déterminant, le gaucher possèderait un léger avantage en raison de la configuration particulière de son cerveau. Cependant, il est plus que probable que cet avantage est infinitésimal. Par contre, le phénomène d'inversion que doit résoudre l'adversaire est beaucoup plus gênant. S'il est boxeur, il doit toujours avoir à l'esprit qu'il a devant lui une « fausse garde », c'est-à-dire un type qui va balancer des pêches non orthodoxes. Même phénomène au base-ball où un lanceur gaucher déroutera totalement le batteur droitier. Au même titre, un lanceur droitier aura du mal à s'en sortir face à un batteur gaucher. Le personnage le plus célèbre de ce sport fut sans conteste Babe Ruth (batteur gaucher) qui, entre 1914 et 1933, remporta 2 millions de dollars. Ce joueur établit même un record (714 *home runs*) qui ne fut battu qu'en 1974. On remarquera une fois encore que le surnombre de gauchers que l'on retrouve au sommet dans certaines disciplines est lié à la nature même de ces sports : des sports demandant à la fois de l'adresse et une fulgurance d'analyse et de décision.

Curieusement, c'est donc dans ce domaine que le gaucher trouve sa place et sa réhabilitation. Curieusement aussi, il renoue là avec sa réputation ancestrale, souvenez-vous : dans l'ancien temps, les gauchers étaient considérés comme des êtres doués d'une force et de pouvoirs supérieurs à la moyenne et étaient placés en première ligne des combats. Curieusement enfin, ce qui est vénéré dans la lumière des stades est rééduqué et contrarié dans l'ombre des coulisses. Ce qui est permis et recommandé une raquette à la main ne l'est plus avec une fourchette. Le monde est si curieux.

7.

*J'ai lu une histoire. Je ne sais plus
où. Je ne sais plus quand...*

J'ai lu une histoire. Je ne sais plus où. Je ne sais plus quand... Je vous en donne l'essentiel. Un homme qui avait eu énormément de biens se retrouva au seuil de la mort pratiquement dépourvu de tout. Pour son agonie, seuls ses dettes, un vieux chat et un jeune voisin lui tenaient compagnie. Tout à la fin, alors qu'il n'était déjà plus qu'un souffle, son fils vint le visiter. L'enfant unique, égoïstement, n'avait jamais pardonné à son père d'avoir tout dilapidé. Il était de ces gens pour lesquels les économies ont plus de prix que l'affection. Aussi, le dernier entretien ne fut guère sentimental. Le fils dit quelque chose comme : « Comment vas-tu ? » et le vieux répondit : « Je suis déjà parti. » Il y eut un long silence, puis l'enfant ajouta : « Va tranquille, je ne t'en veux pas de nous avoir ruinés. » Le mourant eut un sourire pâle et méprisant à la fois à l'endroit de son descendant : « Tu n'as pas à m'en vouloir. Ni à me juger. Bien au-delà des fortunes et des billets éphémères, sache que tu as hérité de mon bien le plus précieux, mon côté gauche. » Ce n'est qu'après l'enterrement que le fils comprit le sens d'un tel propos. *Talis pater, qualis filius.* Cela lui parut bien maigre. Le père était gaucher, le fils était gaucher, mais la famille ruinée. Il réfléchit un instant à la valeur d'un tel cadeau, comprit très vite qu'il ne pourrait parier avec aux champs de courses, mais considéra par ailleurs que ce legs-là était inaliénable et que les huissiers n'auraient aucune prise sur lui. Tout bien considéré, il s'estima pauvrement nanti, mais nanti tout de même. Puis, après quelques jours de mélancolie, il partit en voyage à l'étranger. On raconte qu'il y devint très riche.

Tout cela pour aborder par l'anecdote une autre question d'envergure que se sont posée les spécialistes à propos des gauchers : le « mal » est-il héréditaire ? Il y a d'abord l'histoire célèbre de cette femme gauchère qui, successivement et dans la douleur, mit au monde quatorze salopiauds, braillards, humides, gluants et, évidemment, tous gauchers. Dans l'interrogation qui nous occupe, cela ne prouve rien, si ce n'est le courage et l'abnégation des mères lorsqu'elles se soumettent à la frénésie de luxure de leur mari. Ces considérations cependant nous éloignent de nos gènes. Des études pourtant précises ont été faites à leur propos. D'après les travaux de David C. Rife, la gaucherie prononcée se retrouve chez 7 pour 100 des enfants de parents droitiers. Ce chiffre grimpe à 20 pour 100 pour les enfants comptant un père ou une mère gauchers, et se cale à 50 pour 100 lorsque les deux parents sont des utilisateurs de la main gauche. On mesure donc l'importance du facteur héréditaire. Il a cependant ses limites. Prenons le cas de jumeaux monozygotes. Comme chacun devrait le savoir s'il avait suivi régulièrement sa scolarité au lieu de traîner dans les salles interlopes de cinémas d'art et d'essai, les jumeaux monozygotes sont des êtres possédant par définition le même stock génétique. Or, des expériences et des recherches effectuées chez ces zigues-là démontrent qu'ils n'ont pas forcément la même latéralité. Un scientifique nous raconte d'ailleurs le fruit de ses constatations sur deux jumelles de ce type : « Non seulement l'une était droitière et l'autre gauchère, mais la plupart des gestes de l'une étaient exécutés, à mon examen d'épreuves motrices, en sens inverse des gestes de l'autre. Et, comme pour porter à son comble cette impression de miroir, les deux jumelles étaient affectées d'un strabisme convergent, l'une de l'œil gauche, l'autre de l'œil droit. » (René Zazzo, dans *La Latéralité de l'homme*.) Et le scientifique de noter comme observation première : « Le fait de latéralité différente chez les jumeaux identiques tend à prouver que le facteur héréditaire ne joue pas seul. » Mais ce qui est étonnant, fabuleusement plus passionnant, même, ce sont les leçons intimes que ce chercheur tire de ses découvertes : « Avant de donner naissance à une idée cohérente, la rencontre d'un couple de jumeaux identiques en miroir nous frappe comme un jeu intentionnel et fantastique de la nature. Cette spécularité des gestes et des formes, qui passerait inaperçue chez des êtres différents, ces mains semblables qui se tendent vers vous, l'une à gauche, l'autre à droite, cette réplique parfaite de deux visages qui nous emprisonnent dans les feux croisés de leurs regards et de leurs sourires, tout concourt à donner l'impression d'un mécanisme implacable, à créer un univers fermé où le hasard est complètement exclu. Le scandale de la duplication qui provoque plus ou moins la gémellité est ici porté à son comble. Le couple est refermé sur lui-même et vous entraîne dans un cercle que rien, semble-t-il, ne peut briser. »

Ce type-là est extraordinaire. Il a tout dit de l'horreur intellectuelle, de cette sensation d'impuissance totale devant la mystification absolue : la photocopie d'un être, par essence unique. Ce scientifique, par d'autres voies, a lui aussi atteint le seuil fatidique, le point limite zéro virgule quelque chose, cet endroit où la nature verrouille, bloque les mécanismes de la pensée logique pour laisser la place à un indéfinissable malaise. Bien des chemins concernant l'étude des gauchers conduisent à cette frontière opaque, cette impasse matelassée. Et, comme si tout cela ne suffisait pas, comme s'il fallait encore alourdir l'atmosphère, ajouter au trouble et à la confusion, voici une « japoniaiserie » qui nous achève. A Tokyo, on appelle gauche le côté droit, et droit le côté gauche. Pour une raison, là-bas, évidente : éloigner, tromper les maléfices qui ne manqueraient pas de se manifester si la gauche était nommée par son vrai nom. Là encore, l'effet miroir, le double, la gémellité avec, au bout du compte, la tromperie. Duplicité de la duplication.

« Tu savais, toi, que les Allemands portaient leur alliance à droite à l'inverse des autres Européens ? »

La personne qui, l'autre jour, m'a posé cette question n'en portait pas. J'en ai déduit : un, qu'elle n'était pas mariée, deux, qu'elle avait un Fridolin dans sa vie. Ces déductions, pour être judicieuses, ne m'ont cependant pas appris les raisons de cette teutonne particularité. Ce que l'on sait, c'est que cette bague, à l'origine, avait une fonction précise : neutraliser au moyen d'une amulette les tentations qui viennent de la main gauche. Et croyez-moi, elles sont nombreuses. Question subsidiaire : Les Allemands vivraient-ils de l'autre côté du miroir ?

8.

L'autre jour, j'étais en Suisse...

L'autre jour, j'étais en Suisse, cette Confédération qui, à force de se partager en trois langues, finit par ne plus même s'apercevoir qu'elle a avalé la sienne. Vous l'avez compris, je n'aime guère ce pays. Il me serait pourtant très difficile de dire pourquoi. N'empêche, dès que je me trouve à Genève, me saisit comme un malaise ontologique. L'angoisse des cantons. Pour moi, la Suisse sera toujours vraiment l'Étranger. Et donc, l'autre jour je me trouvais là-bas. Le ciel ressemblait à une cour de ferme, et l'air lui-même en avait les odeurs. A la réception de l'hôtel, un type, qui se caractérisait surtout par la mollesse de ses chairs et de son accent, me posa une question qui me laissa perplexe : « Vous voulez une chambre fumeur ou non-fumeur ? » Aux États-Unis, ce genre de distinction est devenu courant depuis les campagnes frénétiques du lobby antitabac, mais me voir interrogé de la sorte, ici, par cet homme qui dégageait une odeur de vieux mégot, me laissait dans la bouche un goût de cendre. Plus tard, dans l'intimité de ma location, j'ai pensé que, dans quelques dizaines d'années, à cet endroit même, un portier manchot et dûment indemnisé me tiendrait un langage à peu près identique. A ces quelques différences près :

« Vous désirez un single pour droitier ou gaucher?

– Quelle différence?

– Le réveil automatique placé de l'autre côté du lit, les commandes à distance des rideaux et de la télévision spécialement étudiées pour les gauchers, les serrures de porte inversées ainsi que la robinetterie. Un téléphone avec fil à droite, et, le matin, le journal syndical des *Gauchers du Valais,* porté au petit déjeuner. »

Cette histoire est, dans le fond, bien moins farfelue qu'il n'y paraît. Elle serait même dans le droit fil de l'évolution de nos sociétés occidentales.

Elle reflète en tout cas parfaitement le regain de la minorité gauchère, même si celle-ci s'exprime encore de façon balbutiante. Ce changement est perceptible dans plusieurs domaines mais c'est dans celui de la statistique qu'il est le plus immédiatement lisible. Car, après avoir été combattus par mille et une peuplades, il semble que les gauchers accèdent, pour la première fois, à une période de reconnaissance. On ne les pourchasse pas, on les persécute moins, et il apparaît qu'on ne les contrarie plus avec la même frénésie. Et alors que, de tout temps, leur nombre est resté constant, on assiste depuis deux décennies à un phénomène qui pourrait bien bouleverser certaines idées reçues. Après avoir représenté, en crête, quelque 10 pour 100 de la population pendant des milliers d'années, le nombre de gauchers, semble-t-il, ne cesse de croître et de se multiplier. Aux États-Unis, dans certains États, on découvre qu'un enfant sur trois est gaucher. Si la tendance se confirmait de façon plus générale, on pourrait alors assister à la plus spectaculaire modification de l'espèce depuis que l'homme a inventé les boissons gazeuses et la carte bancaire. La théorie de l'évolution et la génétique en prendraient pour leur grade et il faudrait vite, mais alors très vite, apprendre à vivre avec cette nouvelle race « spontanée » qui, en moins d'un demi-siècle, aurait accédé à un état de reconnaissance attendu depuis l'aube des temps. Ce bouleversement aurait par ailleurs le mérite de résoudre la plupart des problèmes jusque-là posés. A 50/50, le rapport droitiers/gauchers relèverait alors du hasard pur, de l'équilibre plus ou moins parfait, à l'image de celui qui régit le monde, en maintenant l'espèce la tête hors de l'eau, en répartissant avec une certaine équité le nombre des hommes et des femmes. Les gauchers, pour autant que je les connaisse, se sentiraient tout d'un coup dévalués, Lombroso en perdrait la raison et Roubinovitch se pendrait par les Roubinovitch. Le monde par ailleurs continuerait de tourner, avec ses lanternes, ses vessies et ses vicissitudes. A ceci près que l'ambidextrie deviendrait un must sur les plages et dans les salles de gymnastique.

Laissons tomber ces considérations extrémistes et revenons à ce qui nous préoccupe : l'augmentation du nombre de gauchers. On peut donner à cela une explication toute simple, évidente et en tout cas excitante pour l'esprit : plus une société vit sous l'emprise du sacré, de l'irrationnel, plus on marginalise, on persécute, on rééduque le gaucher. Au contraire, sitôt que dans une civilisation le temporel et la raison représentent la valeur dominante, dès que l'on cesse de vivre dans la crainte du châtiment, dès que la connaissance supplante la superstition, le gaucher relève la tête et prolifère. C'est imparable. La « chasse aux sorciers de la main gauche » s'est toujours fondée sur des croyances simplistes. Alors ce changement voudrait dire que nous abandonnerions, au fond de nous-mêmes, une vision du monde manichéenne et primitive, où le bien et le mal seraient distribués au moyen d'une boussole, pour entrer dans l'ère des nuances.

Il faut, à ce point de la réflexion, faire un peu de lecture et citer les travaux de Robert Hertz, spécialiste du sujet : « Comme l'ont remarqué les philosophes, la distinction de droite et de gauche est une des pièces essentielles de notre armature intellectuelle. Il semble dès lors impossible d'expliquer le sens et la genèse de cette distinction sans prendre parti, au moins implicitement, pour l'une ou l'autre des doctrines traditionnelles sur l'origine de la connaissance. » Ce passage est important. Voilà quelqu'un qui a le courage de reconnaître qu'il est impossible d'expliquer objectivement et à plat les raisons de la différenciation droite/gauche. Par ailleurs, il note que notre « armature de pensée fonctionne sur le principe même de cette opposition ». Cela revient à admettre tout simplement que notre « mécanique intelligente » s'appuie sur un système en tout cas sommaire et manichéen. Les analyses de Hertz ont pour autre mérite d'évoquer l'existence de l'être ambidextre, cet « homme nouveau des sociétés accomplies ». Pourtant, chez Hertz, cette reconnaissance ne se fait pas sans mal : « Mais de ce que l'ambidextrie est possible, il ne s'ensuit pas qu'elle soit désirable. La différenciation qui a amené la distinction des deux mains pourrait être permanente. Toutefois, l'évolution qui se produit sous nos yeux ne justifie guère une telle conception. La tendance au nivellement des valeurs des deux mains dans notre civilisation n'est pas un fait isolé ou anormal. » Là, j'avoue avoir longtemps tourné autour de cette phrase. Comme un chien qui flaire le danger. Un danger que Hertz allait plus clairement formuler dans un autre de ses textes : « On a vu quelquefois dans le développement exclusif de la main droite un attribut caractéristique de l'homme et un signe de sa prééminence morale. En un sens, cela est vrai. Pendant de longs siècles, la paralysie systématique du bras gauche a exprimé, comme d'autres mutilations, la volonté qui animait l'homme de faire prédominer le sacré sur le profane, de sacrifier, aux exigences senties par la conscience collective, les désirs et l'intérêt de l'individu, et de spiritualiser le corps lui-même en y inscrivant les oppositions de valeur et les contrastes violents du monde moral. C'est parce que l'homme est un être double – *homo duplex* – qu'il possède une droite et une gauche fort différentes. »

Vous voyez, le danger est bien là. Il porte un nom acceptable et se cache d'ailleurs derrière lui. Le danger s'appelle « les contrastes violents du monde moral ». Toutes les différences, comme dit pudiquement Hertz, toutes les ségrégations partent de là, de cette rémoulade de concepts. « Ce n'est pas le lieu de rechercher la cause et la signification de cette polarité qui domine la vie religieuse et s'impose à l'organisme même. C'est là une des questions les plus graves qu'aient à résoudre la science des religions et la sociologie en général. Nous ne saurions l'aborder de biais. » Ni surtout de face. Plus loin, pourtant, Hertz joue les démineurs en habile manœuvrier. Par le biais d'une dialectique virevoltante, il essaie de rassurer les bonnes âmes qui auraient cru voir dans la fin de la prééminence d'une main, chez l'humain, le début des grandes capitulations de la morale : « A supposer qu'il y ait pour l'homme de sérieux avantages physiques et techniques à permettre à la main gauche d'atteindre son plein développement, l'esthétique et la morale ne souffriront pas de cette révolution. La distinction du bien et du mal, qui fut longtemps l'antithèse droite/gauche, ne s'évanouira pas dans nos consciences du jour où la seconde main apportera un concours plus efficace à l'œuvre humaine et pourra à l'occasion la suppléer. Si, pendant des siècles, la contrainte d'un idéal mystique a pu faire de l'homme un être physiologiquement mutilé, une collectivité libérée et prévoyante s'efforcera de mettre mieux en valeur les énergies qui dorment dans notre côté gauche et notre hémisphère droit, et d'assumer, par une culture convenable, un développement plus harmonieux de l'organisme. » Non, vous ne rêvez pas. Là, on se rend compte de tout ce qui se passe quand on remue la vase au fond du vase. Du poids symbolique de cette main gauche, de ce qu'elle met en branle chaque fois qu'elle bouge un doigt.

9.

Cette nuit-là, il pleuvait. Je me souviens encore du bruit fatigué des essuie-glaces...

Cette nuit-là, il pleuvait. Je me souviens encore du bruit fatigué des essuie-glaces et de l'odeur lourde de la voiture, un coupé pâle, très bas, qui se faufilait dans la platitude du paysage. D'abord, il y a eu des lumières, puis sur le bord de la chaussée j'ai vu la pancarte : « Hilversum. » Cela m'a fait un drôle d'effet. Je ne voyais pas cette ville comme ça. J'imaginais quelque chose de vivant, de moins hollandais, de plus international.

Nous sommes tous allés à Hilversum. Tous, au moins une fois, peut-être sans même nous en rendre compte. Moi, enfant, j'y ai souvent passé mes nuits. Hilversum est une ville, mais aussi une station de radio mythique sur les petites ondes. Autrefois, on ne pouvait pas la rater. Alors, sur le cadran du poste, on donnait un coup d'aiguille et on y filait avant de repartir pour Sottens ou Beromunster. Ainsi, nous avions le sentiment de parcourir le monde, de comprendre des langues qui nous semblaient orientales et d'occuper nos soirées à des tâches moins avilissantes que le sommeil. Et donc cette nuit-là, par la grâce d'une route sans charme particulier, j'étais passé de l'autre côté du haut-parleur, sur cette bande d'ondes si petites qu'elles arrivaient à se faufiler dans les fils électriques du poste. Hilversum était vide comme une ville qui se couche de bonne heure depuis que l'on a inventé la télévision. J'ai fini par trouver un hôtel. Un hôtel bien hollandais, avec, sur le parking, des voitures allemandes et, dans le hall, un veilleur de nuit portugais. La chambre était petite. Je n'eus pas de mal à y trouver le sommeil.

Le lendemain, il pleuvait encore. Quand j'arrivai chez Johan, je le trouvai au salon en train de lire. Johan était un homme étrange, pensant beaucoup et travaillant peu. Architecte désabusé, il dessinait des projets que personne jamais ne bâtissait. Pourtant, il n'était pas aigri. Il disait : « On m'explique souvent que je suis trop cher. Je crois malheureusement que je ne suis que médiocre. » Nous avons parlé longuement en écoutant des requiem, qui, outre leur exubérance, ont le pouvoir d'ennoblir les bavardages. Et le fils de Johan est rentré de l'école. Son père lui a préparé une collation chocolatée, puis proposé, comme à l'accoutumée, une partie d'échecs, sport national néerlandais, après le vélo et la traite des vaches. Le gosse disposa les pièces et m'offrit de débuter. Je lui fis une ouverture classique. Visiblement, il connaissait la musique. Pendant qu'il réfléchissait, je l'observais. Il devait avoir une dizaine d'années, une bicyclette à double plateau et des résultats scolaires encourageants. Son teint était légèrement fromagé, semblable à celui des enfants qui n'ont jamais manqué de rien. Il avait des cheveux très fins et de grosses mains. Les mains. C'est en les examinant que tout a commencé. Au début, je me suis demandé s'il s'agissait d'un vice qu'adorent utiliser les joueurs d'échecs pour dérouter leur adversaire. Si tel était le cas, la tactique était parfaite tant je me désintéressais de la course des pièces pour ne plus être fasciné que par celle des doigts boudinés du gamin. Ce qui me troublait, c'est que l'enfant, pour jouer ses coups, se servait alternativement de la main droite et de la main gauche. Ce détail prenait pour moi tant d'importance que j'avais le sentiment profond d'affronter deux adversaires, deux cerveaux, deux développements distincts. Cela se traduisait jusque dans le jeu du gosse. Il ne sacrifiait jamais un côté du plateau au profit de l'autre. Non, il essayait de vous enserrer, de vous contraindre, de vous soumettre tant sur la droite que sur la gauche. Le danger venait des deux mains. L'intelligence et la pensée aussi. Le phénomène était d'autant plus déroutant qu'il paraissait naturel. Aussi, à deux contre un, je n'avais plus aucune chance. Sitôt la partie terminée, je m'ouvris à Johan de cette affaire. Il m'avoua la vérité : « C'est moi qui lui ai appris tout petit à se servir de ses deux mains. Mais pas seulement pour les échecs, pour tout. Je l'ai élevé dans le culte de l'ambidextrie. Il écrit et peut effectuer indifféremment toutes les tâches de l'existence avec la main gauche ou droite. Je ne vois pas pourquoi nous devrions vivre amputés à 50 pour

100. L'agilité, la dextérité, l'aisance d'un côté faible s'apprennent comme l'orthographe ou la musique. Tout petit, je lui faisais faire des exercices pour le délier; aujourd'hui, je crois vraiment qu'il est un adolescent " entier ". Dans un monde d'habitudes et de conventions, je suis sûr que le fait d'être ambidextre te donne une vision globale et non " latérale " des événements. Si plus tard mon fils arrivait à conserver cette faculté, je crois bien que j'aurais réalisé là ma plus belle construction. »

Johan se leva et remit de la musique. Je suis sûr qu'à cet instant il songea à ces structures mythiques et géométriques qui font le charme des exercices théoriques parfaits. Peut-être parce que tout simplement son esprit ne pouvait concevoir que des êtres sans faiblesse, sans concessions, et des bâtisses sans angles morts. A l'hôtel, le portier me demanda si je gardais la chambre un jour de plus. Je lui répondis que non.

C'est avec des histoires comme celle-ci que l'on perd le sommeil et que l'on se retrouve dans une aube hollandaise à se demander, par exemple, à la suite d'Anaxagore et d'Aristote, si l'apparition de la main a précédé celle de l'intelligence ou si c'est le contraire qui s'est produit. Questions secondaires s'il en fut, mais qui suffisent à meubler l'esprit pour peu qu'on loge à l'étroit.

Maintenant, j'aimerais vous parler de quelque chose d'assez personnel. D'un sentiment diffus qui peu à peu s'est révélé en moi au fil de ces pages. Presque inconsciemment. J'en suis au point où je viens de me rendre compte qu'il existe une psycho-logie particulière au gaucher contrarié. Je ne parle pas des troubles du caractère, du langage ou de l'écriture que nous évoquerons plus loin. Non, il s'agit ici d'un mal de l'âme beaucoup plus subtil, que l'on ressent lorsqu'on se penche un peu trop en avant sur soi-même et le sujet. Cela tient à la fois du vertige et de l'exil. Pour vous en faire ressentir au mieux les effets, nous pouvons comparer cela au syndrome de la solitude qu'ont dû éprouver certains réfugiés. Je pense notamment aux harkis. Voilà des hommes qui ont trahi leur pays, qui ont pris les armes contre leurs frères aux côtés de l'occupant, et qui, au bout du chemin, n'ont trouvé que l'impasse des désillusions, du vide, et sans doute l'errance des remords. Ils ne peuvent plus revenir en arrière, reprendre leur place parmi les leurs, et n'ont jamais trouvé en France l'intégration qu'ils espéraient. En Algérie, ils ne sont plus rien, sinon des traîtres. Ici, ils ne seront jamais que des Arabes. L'Histoire ne recycle jamais ceux qui se trompent deux fois. Tout cela pour vous dire qu'il y a du harki en moi. En moi, en tous ceux que l'on a un jour contrariés. C'est excessivement simple. Nous ne pouvons plus, même si nous en éprouvons parfois le désir, réintégrer notre famille. Non pas que nous en soyons bannis pour avoir failli, mais parce que quelque chose s'est irrémédiablement passé dans notre tête et que le chemin du retour serait trop long, trop pénible. Pensez à cela. Nul homme n'a jamais pu faire la route à l'envers. Peut-être parce que, dans l'immensité complexe de ce « palais de glace », la trace s'efface au fur et à mesure des pas. Il n'y a plus d'empreintes, plus de guide ni de repères. Alors, à l'instant du regret, lorsqu'on regarde en arrière, on n'ose plus. De peur de ne jamais retrouver la voie et de tourner en rond, dans ces limbes de l'esprit qui sont les frontières de la raison. Alors, on se dit seulement qu'il est bien tard, que la nuit va tomber, et qu'il est bien possible qu'il fasse jour demain. Et l'on reste sur place, parmi un peuple dont on observe les droits et les coutumes, que l'on singe par habitude et éducation, mais jamais par conviction. On ne se reconnaît pas en ces gens qui respectent les priorités à la seule condition qu'elles viennent de la droite. Non, on ne se reconnaît pas dans cette écrasante majorité, dans son consumérisme, son opulence, sa suffisance et parfois sa dictature. On se sent très proche de cet Italien du film *Pain et chocolat,* émigré en Suisse, qui jamais n'arrivera, malgré son infinie patience, à s'identifier à ces Helvètes devenus douteux de par leurs certitudes. A son image, nous plions, nous nous soumettons, nous faisons semblant. Jusqu'au moment où, comme lui, devant un match de football à la télévision, aux cris de *« Forza Italia! »,* nous révélons nos véritables origines.

J'ai toujours été persuadé que le sentiment d'insularité n'avait qu'un lointain rapport avec la mer. Je suis aujourd'hui convaincu que les exils les plus lointains sont ceux que l'on subit à deux pas de chez soi. Pour en revenir à nos miroirs, je me trouve dans la peau d'un type qui, devant sa glace, n'y trouverait plus son reflet. C'est le prix du pacte de l'alliance et de la trahison. C'est le résultat d'un concordat signé par d'autres à l'âge où nous-mêmes ignorions jusqu'à l'existence de l'écriture et des serments. C'est un contrat sans retour, sans recours ni appel, et contre lequel on ne peut engager la moindre procédure. C'est une félonie à effet retard. Bien sûr que j'exagère. Les mots sont d'ailleurs faits pour ça. Mais je vous le dis quand même, cette latéralité, cette confédération conforme et conformiste n'est pas la mienne. Elle a perdu la conscience de son impudeur, alors elle s'étend, se répand comme une diarrhée opulente.

Avant-hier, on m'a apporté le compte rendu prometteur d'une expérience d'éducation ambidextre en URSS. Hier, par contre, j'ai lu ce texte de Vilma Fritsch : « C'en est fini du vieux rêve platonicien de l'ambidextrie. On ne trouve guère de psychologues qui ne soulignent la nécessité d'une bonne latéralisation nous dispensant de l'obligation de réfléchir à laquelle de nos deux mains nous employer pour telle ou telle activité. » Aujourd'hui, je regrette. Je regrette d'avoir mis le nez dans cette affaire, d'être ballotté au gré des influences, de tanguer dans le doute. Au début, on se dit que tout cela n'est, après tout, qu'une simple histoire de latéralité, que l'on va raconter quelques anecdotes de passage, bâtir un scénario de contraste, faire un film paradoxal avec une fin incommodante et cela dans le seul but de singer les modernes. Et puis, du fond, remonte une odeur qui ne ressemble à rien, que l'on ne peut identifier, qui n'évoque aucun souvenir, qui n'est ni satisfaisante ni dérangeante. Mais qui est là, agaçante, perpétuellement présente, et dont la seule fonction est de rappeler qu'il y a bien quelque chose. Le problème est qu'on ignore quoi. Le trou est trop noir pour qu'on y discerne le contour d'une réponse. Le trou. Beaucoup en parlent, mais personne n'y est jamais descendu. Quelques-uns, seulement, y sont tombés.

10.

L'agacement est finalement un sen-
timent bien moins tenace que la
curiosité...

L'agacement est finalement un sentiment bien moins tenace que la curiosité. Le premier dure le temps d'une évaporation. Le second, en entretenant le goût de savoir de quoi demain sera fait, donne le courage de ne pas mourir trop jeune. Il n'y a pas à s'extasier, c'est comme ça. De mon agacement, il ne subsiste plus qu'une auréole. Et la curiosité, un instant cryogénisée, frémit à nouveau dans la poêle. Elle frémit en pensant que nous voilà maintenant sur la trace du mental du gaucher. Nous allons essayer de soulever le couvercle pour voir ce qui se passe à l'intérieur des sentiments de ces gens-là. D'abord, il ne faut jamais perdre de vue ce point essentiel : ils ont prouvé leur capacité d'adaptation dans un monde hostile. Et c'est précisément ce combat de tous les jours qui leur donne un supplément d'âme. L'éducation des jésuites a d'ailleurs longtemps reposé sur ce principe élémentaire. Le gaucher est un type qui, à un moment donné, doit en faire davantage que les autres. Ne serait-ce que pour accommoder sa particularité aux exigences, aux inter-

dits ou aux contraintes imposés par son environnement. Cela façonne un caractère, une identité. L'autre
soir, à la télévision, un commentateur, par ailleurs
insignifiant, disait que les gauchers avaient une per-
sonnalité taciturne, ombrageuse. Que c'était presque
une loi. Qu'il l'avait maintes fois vérifiée, lui, dont
le métier – entraîneur sportif – consistait justement
à pétrir les hommes pour en faire des bonnes pâtes.
Là encore, on retombe dans le sorbet minute aux
idées coulantes. Comme l'Allemand est pansu et
bièreux, l'Italien frôleur et mandolineux, l'Espagnol
cambré et conquérant, le Suisse propre et propre, le
gaucher serait donc un être retors, chafouin et méfiant.
Cela est bien évidemment aussi absurde que les
décrets d'État promulguant la fin de la paupérisation,
le soir, après cinq heures.

Mais revenons à notre expert. Pour lui, le gaucher
ne saurait donc être qu'ombrageux et solitaire. Pour
ne rien vous cacher, si cela était vérifié, nous le
comprendrions. Il faut toujours garder à l'esprit que
le gaucher se trouve dans un monde qui, pour lui,
tourne dans le mauvais sens. Il est sans arrêt pris à
contre-main, feinté par le quotidien et même par les
lieux d'aisance, où pour l'éternité les rouleaux de
papier hygiénique sont fixés à droite. L'homme inversé
se plie donc à la règle commune. En tout lieu et
pour chaque chose. Il s'adapte. Seul. Sans jamais
attendre l'aide de quiconque. C'est une affaire entre
lui et lui. Parfois, cela demande du temps, un peu
de patience, beaucoup de volonté, autant de choses
qui n'engendrent pas forcément la franche hilarité.

En vouloir au gaucher d'être taciturne est aussi indécent que de demander au mineur de sourire d'aise en piochant le charbon par deux cents mètres de fond, alors qu'il sait que son avenir radieux oscillera entre les trous de la silicose et les coups du grisou. N'oublions jamais ceci : le gaucher va tous les jours au charbon. On n'est bien souvent que le produit de ses faiblesses, de ses manques, de ses maladies et de ses combats. Le type qui, au bout d'une coulée de béton, sur un chantier, crève de soif, ne trouvera pas à un soda réfrigéré le même goût qu'un muscadin bien né qui se désaltère par désœuvrement, en attendant midi. Le premier boira comme un trou, replié en lui-même, silencieux, écoutant le bruit de chaque gorgée. Le second jouera avec les glaçons en espérant quelqu'un. Pour lui, boire n'est qu'un geste. Et c'est tout là notre problème. Au droitier, tout est donné. La vie, qui n'est en fait qu'un mauvais moment à passer, file pour lui dans le bon sens. On lui demande seulement d'y figurer. Cela laisse du temps pour sourire, flirter dans les mondanités et siroter dans le cocktail des âmes. Le gaucher sait, lui, qu'il ne bénéficiera jamais d'aucune fleur, d'aucune faveur, que la suite dépend de sa pugnacité et que ses échecs seront perçus comme l'aboutissement logique de sa faiblesse constitutionnelle. Il n'aura même pas le loisir de se plaindre des désagréments ou des discriminations sociales qu'il subit tant celles-ci sont entrées dans la coutume et l'oubli des habitudes. Alors, face à l'injustice flagrante, perpétuelle, le gaucher a pris le parti de se taire. Et un homme qui ne parle pas finit par être le seul locataire de ses pensées. C'est comme cela que l'on devient ombrageux. Je me rappelle les paroles de l'entraîneur à la télévision : « J'ai toujours remarqué que les gauchers que je formais étaient très repliés sur eux-mêmes. Je me demande bien pourquoi. » Peut-être parce que le plus léger des handicaps provoque chez l'homme d'imperceptibles modifications du comportement vis-à-vis de l'environnement. Pour surmonter ses gênes et ses gènes, il faut revenir en soi, se concentrer. Même si ce n'est pas prévu, même s'il faut écrire à contresens dans une mauvaise lumière toute une scolarité durant. Croire que l'effort est un sport anglais, inventé pour distraire les oisifs, notamment sur 110 mètres haies, c'est oublier que la terre est pleine de catins, de mineurs et de gauchers, pour qui la sueur sera toujours, à divers degrés, le rappel de leur condition. Quand un baron vous dit que l'essentiel est de participer, il ne fait qu'énoncer le credo élégant et obsolète d'une caste qui, depuis bien longtemps, croit que le monde s'arrête derrière les hauts murs du château. Que les miroirs sont l'œuvre des vitriers, et les gauchers, de pauvres petits malheureux qu'en aucun cas on ne doit montrer du doigt. A part ça les ducs sont des *sportsmen* qui s'habillent en *sport-jacket*. Ils sont fair-play et terriblement sociables. Ils n'ont jamais imaginé qu'il puisse seulement exister des êtres renfermés. Sauf, bien sûr, chez les Anglais.

11.

*Les gauchers célèbres : il n'y a pas
que des malades dans la famille.*

Tout livre, opuscule, plaquette, brochure, communication se rapportant aux non-droitiers comportent invariablement un chapitre : « Les gauchers célèbres. » Je trouve cela terriblement déplaisant. Dans cette énumération, il y a un côté « il n'y a pas que des malades dans la famille ». Cela ressemble à une justification, à une volonté de revendiquer la normalité. C'est presque un aveu de faiblesse, qui va à l'encontre de tous les principes de Droit. Il y a dans cette démarche un désir de prouver son innocence, alors que c'est au contraire à l'accusation d'établir la culpabilité. Ce prurit de zèle a quelque chose de suspect. C'est pourtant une convention. Comme la mort après la vie. Nous nous y plierons donc non sans en avoir dénoncé les risques.

Sont donc membres du club : Carl Philipp Emanuel Bach, Rex Harrison, Billy le Kid, Babe Ruth, Olivia de Havilland, l'empereur Tibère, Danny Kaye, Mandy Rice Davies, Jack l'Éventreur, Cole Porter, Charlie Chaplin, Judy Garland, George VI, Léonard de Vinci, Michel-Ange, Goethe, Nietzsche, Holbein,

Frédéric II, Bismarck, Beethoven, Robert Schumann, Heinrich Heine, Paganini, Benjamin Franklin, Alphonse Bertillon, Lewis Carroll, Jimmy Connors, Andersen, Baden-Powell, Dufy, Jimi Hendrix, Paul McCartney, l'amiral Nelson, Vilas, Pelé, John McEnroe. Comme on peut le voir, cette énumération a de quoi combler, rassurer et flatter toutes les catégories de gauchers, qu'ils soient sportifs, ciné-philes, royalistes, amateurs de musique, d'art ou de peinture, qu'ils soient philosophes, militaristes, flics ou tout simplement assassins. Il y aurait en fait de merveilleuses histoires à raconter sur tous ces per-sonnages. Les aventures de Jack « *the Ripper* » et de sa main de métal qui transperçait l'abdomen des convenances britanniques. Il y aurait d'émouvantes pages à écrire sur le pointillisme méthodique d'un Bertillon, sur les rages schizophréniques d'un McEnroe, sur les shorts, les mollets de scout et les pattes de crabe d'un Baden-Powell, sur le regard de malade incurable de Connors, sur la dégaine de Billy le Kid qui restera toujours un enfant, sur les obses-sions en miroir de Lewis Carroll, sur le visage aérien de Olivia de Havilland, des avions du même nom, et sur les autres, tous les autres. Les biographies ont justement été inventées pour satisfaire les plaisirs des voyeurs de la vie des autres. De cette longue colonne de gauchers en marche, nous allons extraire quelques noms. Nous avons nos raisons.

Hendrix Jimi. Sans doute le plus allumé avec de Vinci Léonard. Plus bruyant aussi. Voilà un homme qui a vraiment traversé son époque à contresens. Il en est même mort, ce qui n'est pas la moindre de ses performances. Il ne jouait pas de la guitare, il l'essorait comme une wassingue. Et on en sortait lessivé. Ce type-là me plaît parce qu'il était tout sauf l'archétype du gaucher soumis. Il était, au contraire, l'arrogance même, le scandale, l'extravagance, l'insouciance, le bonheur et le mal de vivre, sans le souci des trajectoires de carrière. Il était, comme on dit dans les attendus de justice, « non réadaptable, et non accessible à une sanction pénale ». C'était le condamné par essence, par excellence.

A l'opposé, on trouve Léonard. Autant, au club, on prononce le nom de Hendrix en se bouchant le nez, autant M. de Vinci est une constante référence, de Nord magnétique qui indique au gaucher la voie à suivre. Léonard est d'ailleurs *le* gaucher. Ne déparant dans aucun salon, s'accommodant avec toutes les tapisseries, trouvant sa place dans l'entrée aussi bien que dans les salles d'attente et sur les dessus de cheminée, il est le personnage autour duquel se fait une unanimité de principe. Chez lui, les particularités fourmillent. Ainsi peignait-il indifféremment de la main droite ou gauche. Mais le plus amusant, c'est l'histoire des « carnets secrets ». Tout homme a ses carnets. Dessus, il note le sens du vent, l'horaire des marées, les fêtes à souhaiter, les rendez-vous chez l'orthodontiste ou la fréquence des vidanges de la voiture. Pour les êtres célèbres, c'est différent. Eux inscrivent des choses sérieuses, des phrases définitives comme : « C'est celui qui le dit qui l'est », puisqu'ils savent qu'un jour les éditeurs amateurs d'inédits iront fouiller dans leurs poches. Léonard, comme les autres, a eu ses petits carnets. A ceci près que, à l'intérieur, lui faisait ses annotations au moyen de la fameuse écriture dite en miroir, puisque ses lettres sont inversées et seulement lisibles au moyen d'une glace. Longtemps, on songea que le maître utilisait cette technique pour que l'on ne puisse déchiffrer ses secrets. Plus tard, on s'aperçut que cet homme, pour qui l'ambidextrie n'était pas un mythe ni une divagation de l'esprit, écrivait aussi, naturellement, à l'envers de la main gauche. La légende perdit en romanesque ce que l'histoire gagna en authenticité.

A propos d'écriture en miroir, laissez-moi maintenant l'avantage de vous conter la performance quotidienne et banale qu'un gaucher ordinaire de mes amis a accomplie pendant plusieurs mois de sa vie. Ce garçon ne fera jamais partie du cercle gominé et poudré des gauchers célèbres. Et pourtant, à sa façon, il fut, dans son quartier, un type au moins aussi populaire que Léonard. Voici ce dont il s'agit. Vous savez que chez les commerçants en pleine expansion ou, au contraire, touchés de plein fouet par la crise, il est coutume d'annoncer la couleur et la saveur des rabais, remises, réclames et autres ristournes en peignant au blanc d'Espagne sur les vitrines le détail de l'offre à saisir. Même phénomène chez les épiciers qui, eux, au jour le jour, désignent en lettres blanches la nature et le prix de leur arrivage. Là où survient la difficulté, c'est que, pour être lisibles, ces appels doivent être écrits à l'extérieur.

148

Quand on connaît la nature fragile du blanc d'Espagne, on comprend qu'à la fin de la journée la plupart des lettres soient redevenues poussière. C'est là qu'intervenait mon ami. Moyennant quelques pistoles destinées à encourager l'artiste, il proposait ses services : écrire le texte de la main gauche en miroir et bien entendu à l'intérieur du magasin. A cet instant, le crémier s'effondrait en larmes parmi ses beurres frais, terrassé par un bonheur fulgurant et définitif. Généralement, ensuite il s'agenouillait, les bras levés vers le plafond, hurlant à qui voulait l'entendre : « *Ecce agnus dei.* » C'est ainsi que, durant quelques mois de son existence discrète, mon ami devint la coqueluche de son quartier. Quand il officiait, les gens s'arrêtaient, admiratifs et fascinés. Cette popularité ne justifiait pas sans doute la création d'une société de service ni l'entrée au club très fermé des gauchers célèbres, mais était quand même largement suffisante pour impressionner et séduire les filles de pâtissiers qui, avec un sentiment de sacrilège, s'abandonnaient à ce diable d'homme, parmi les religieuses et les jésuites.

Reprenons notre Bottin mondain des gauchers et feuilletons ensemble cette nomenclature d'apparat. Passons sur Paganini, ce Ferrari du violon, passons sur Bertillon, cet admirable Alphonse auquel nous devons ces magnifiques séries de clichés « face-profil » qui font la gloire et la réputation de l'anthropologie criminelle, passons sur les films de Charlot où l'acteur semble prendre un plaisir malsain à nous faire remarquer qu'il était gaucher, et arrêtons-nous un instant

149

sur le destin de Lewis Carroll, professeur de mathématiques à Oxford, qui, apparemment, ne se remit jamais de sa « gaucherie ». A des degrés et des stades divers, elle fut sa compagne permanente, sa perpétuelle obsession. Lewis, comme Léonard, écrivait à l'envers. C'est cette faculté qui fut d'ailleurs à l'origine de l'un de ses livres, *A travers le miroir.* Réfléchir sur des problèmes de réflexion est une chose. Traiter des miroirs avec une écriture lisible seulement dans une glace en est une autre. Carroll accomplit les deux, poussé par un intime besoin d'accorder le geste à l'idée. Il est difficile d'être plus entier, plus exclusif et plus cohérent dans ses choix. A ce titre, tout comme Hendrix était un gaucher sauvage, de Vinci, un gaucher étalon, Carroll nous donne le sentiment d'incarner le gaucher « dans l'âme ». Sans doute plus proche que tous les autres de l'angoisse des origines, plus tourmenté, plus sensible, et plus conscient aussi de cette différence qui, chez lui, était avant tout interne. Cette différence, il était écrit que cet homme devrait la vivre jusqu'au bout, jusqu'à l'extrême limite du raisonnable, tant se sont accumulés sur lui les stigmates de son appartenance. Par exemple, il était bègue. Était-ce le fruit du hasard ou la conséquence d'une malheureuse tentative de rééducation? Nul ne peut le dire. Ce que l'on sait, c'est que Carroll butait sur les mots avec entêtement au point qu'il dut renoncer très vite à l'envie d'être prédicateur. Ces mots, qui sans doute dans sa tête volaient dans un sens puis dans l'autre, se cognaient contre les miroirs et refusaient obstinément de sortir dans le monde... Dans *Alice au pays des merveilles,* un oiseau d'une race disparue s'appelle le Dodo. Dodo était aussi le diminutif de Dogson, nom véritable de Lewis Carroll, nom qu'il fut dans l'incapacité de prononcer correctement sa vie durant. C'est ainsi que naissent les problèmes d'identité, c'est ainsi que l'on se retrouve à « développer un humour bizarre reposant surtout sur une technique d'inversion logique », comme le note Florence Becker Lennon dans son livre, *The Life of Lewis Carroll.* Toujours à son propos, elle écrit : « S'il était inversé, il se vengeait en inversant un peu les autres. La fonction du gaucher est de tenir le miroir, et cette tendance peut développer la perversité et l'obstination qui deviennent ses caractères dominants. Carroll pencha vers la perversité plutôt que vers l'obstination. »

Au point où nous en sommes, j'ai bien envie de revenir en arrière. Pas très loin, juste à deux pas. Il y a quelques pages, je vous ai parlé de Baden-Powell, autre célébrité de la famille. Il est bien comme je vous l'ai décrit et mérite que l'on s'attarde un instant autour de ses bas de laine enserrant ses jarrets dégraissés. Ce général anglais, après avoir débité du sauvage en Afghānistān, en Inde et en Afrique du Sud, fonda en 1908 une redoutable escouade d'entraide, les scouts, véritable fléau de la jeunesse. Et donc Robert Baden-Powell, grand amateur de veillées, de feux de camp, de couteaux suisses et de culottes courtes en velours côtelé, instaura au sein de son mouvement des règles paramilitaires. C'était bien le moins que l'on pouvait attendre d'un général. A ceci près que chez ces frétillants et sémillants jeunes gens le salut s'effectue de la main gauche. Dominique Choumatcher, dans l'intéressant *Dictionnaire à l'usage des gauchers et de leurs amis,* en explique les raisons : « On raconte à ce propos que Baden-Powell, lors d'une campagne en 1896, rencontra un chef de tribu vaincu qui lui expliqua que la tradition voulait chez lui qu'on félicitât le vainqueur en lui serrant la main gauche. Baden-Powell s'inspira peut-être de cette anecdote pour le salut de ses éclaireurs. » Pour notre part, plutôt que de nous préoccuper des coutumes pénibles du scoutisme agaçant, nous aurions préféré décortiquer les lubies sanguinolentes du *« Ripper »*. Mais, nous connaissant, nous nous serions très vite retrouvé sur le fil du rasoir, à conter quelques épisodes tranchants de la vie de cet homme qui frappait du gauche sans se préoccuper du Droit. Alors nous en resterons là. D'autant que le temps se lève.

12.

Interlude à l'intention des chefs de gare, des abonnés à La Vie du rail *et de leurs enfants à vapeur.*

Interlude à l'intention des chefs de gare, des abonnés à La Vie du rail *et de leurs enfants à vapeur.*

Savez-vous pourquoi en France les trains, à l'inverse des automobiles, roulent à gauche? Tout simplement parce qu'à l'origine de ce moyen de transport le gouvernement de notre pays, ô combien chatoyant et verdoyant, patrie du vallon rieur et du merle moqueur, hésita à investir dans ces locomotives à chaleur humide dégageant force fumée, noircissant les mains des hommes aux bras velus et les robes des femmes à chapeau pointu. Pendant ce temps, les « Brittons », peuple sans vergogne, multipliaient les voies ferrées, les passages à niveau et les gares de triage. Et ce qui devait arriver advint. Un beau matin, la France réalisa qu'elle avait joué encore une fois le mauvais cheval (vapeur) en négligeant l'avènement d'une technologie nouvelle. Elle fut donc obligée, pour essayer de rattraper le temps perdu, de prendre le train en marche en suppliant la Grande-Bretagne de lui envoyer quelques ingénieurs spécia-

155

listes du rail pour la remettre sur la bonne voie. Et une conquérante escouade de rouquins cheminots aborda sur le continent. Ils dirent : « O.K.! gentlemen! nous allons tracer et dessiner votre réseau mais, bien évidemment autant nous mettre d'accord tout de suite, vos trains rouleront à l'image des nôtres, c'est-à-dire à gauche. » En entendant ces mots, quelques notables de France, pays de tolérance et de concorde, berceau de la guillotine et de la galantine, en avalèrent leur chapeau. Mais ils ne dirent mot et consentirent. C'est pour cette raison que même les chefs de gare de Carcassonne ont aujourd'hui ce douceâtre accent anglais.

Interlude à l'intention des amateurs de films américains sous-titrés et des abonnés au Chasseur français.

Dans *The Night of the Hunter (La Nuit du chasseur)*, aviez-vous remarqué que Robert Mitchum avait tatoué *« Love »* sur les phalanges de la main droite et *« Hate »* sur celles de la gauche? Vous ne l'aviez pas remarqué? On se demande ce que vous allez faire au cinéma.

Interlude à l'intention des bonapartistes et des abonnés à L'Auto-Journal.

Savez-vous pourquoi tous les pays sauf l'Angleterre roulent aujourd'hui à droite? La réponse nous

156

est offerte par le *Dictionnaire à l'usage des gauchers* :
« Avant Napoléon, les batailles se faisaient d'abord
avec la gauche de l'armée. Pour désorienter l'adversaire, ce dernier décida d'inverser le sens de ses
attaques et de les faire partir de la droite. Au fur
et à mesure de ses conquêtes, il fit adopter la droite
aux pays conquis. En faveur de cette thèse : la Suède,
la Bohême, la Grande-Bretagne, pays qui ne furent
pas conquis par Napoléon et continuèrent de privilégier la gauche. Les deux premiers y renoncèrent
plus tard. Seule en Europe la Grande-Bretagne continua de rouler à gauche. »

*Interlude à l'intention des gens de lettres, de leur
    Société et des auditeurs de France-Culture.*

Si vous écoutez cette radio-là, si vous êtes membre
de cette congrégation qui tâte la langue comme on
ausculte un patient podagre, vous savez bien sûr ce
qu'est un palindrome. Et, tout bien considéré, cette
notule ne vous apprendra pas grand-chose. Pour les
autres, un palindrome, ainsi que le définit *Le Petit
Robert,* est un « groupe de mots qui peut être lu
indifféremment de gauche à droite ou de droite à
gauche en conservant le même sens ». Le symbole
parfait de la phrase en miroir, du monde inversé.
En voici deux exemples : « Élu par cette crapule »,
« Ésope reste ici et se repose ». Vous pouvez vérifier,
c'est imparable. Du point de vue du sens, ce genre
de texte est bien sûr limité. Mais l'émotion ne vient

pas, ici, du chant des mots ni de leur signification, mais au contraire de leur placè dans l'espace. Il s'agit d'un trouble géométrique enfermé dans un monde clos, gémellaire, qui se suffit à lui-même et méprise totalement le lecteur.

Interlude à l'intention des abonnés des Concerts Pasdeloup et des auditeurs de France-Musique.

Maurice Ravel a spécialement écrit son fameux *Concerto pour la main gauche* pour son ami Paul Wittgenstein, pianiste autrichien, qui avait perdu son bras droit non par inadvertance, on s'en doute, mais durant la Première Guerre mondiale. A propos de cette pièce, Ravel a écrit : « Je n'ai pas composé cela pour prouver ce que la main gauche était capable de faire, mais au contraire pour montrer ce qui pouvait être fait pour cet appendice qui a toujours été méprisé. » Seconde remarque : il est très difficile pour un chef d'orchestre gaucher de diriger avec sa main directrice. Ou bien il tient sa baguette avec la dextre, ou, sinon, c'est tout l'ensemble de la disposition des interprètes qui doit être inversé. Autre solution : que le maître conduise face au public, dos à ses interprètes. A ceux qui me répondent que cela ne s'est jamais vu, je dirai que, pas un instant, je n'ai soutenu le contraire.

Interlude à l'intention des amateurs d'évidences qui tombent sous le sens et des abonnés au téléphone.

Prenez un annuaire. Cherchez des « Gaucher » parmi les noms, vous en trouverez plusieurs colonnes, renouvelez maintenant l'opération avec « Droitier », vous n'en trouverez aucun. Qu'en concluez-vous ? Que les Gaucher sont plus nombreux que les Droitier ? C'est une remarque du genre premier degré. Non ; comme, une fois encore, nous l'explique le *Dictionnaire à l'usage des gauchers,* cela veut dire qu'être « droitier » n'a jamais été un signe distinctif.

Interlude à l'intention des élus et des électeurs ayant un jour l'intention de se faire élire.

Prenez une Assemblée, regardez la disposition des députés, elle ressemble assez à celle des idées reçues. A droite, la droite, à la « place d'honneur », celle des « seigneurs et des chrétiens ». A gauche, « lieu du trouble et des tentations », évidemment la gauche. D'un côté le canard aux olives, le buffet Henri II, la montre de communion. De l'autre, le bouillon gras, l'insurrection, l'eau de Javel et la gousse d'ail. Bien sûr que tout cela est caricatural, mais jamais vous ne m'empêcherez de penser qu'au-delà des promesses parfumées, des bilans indéfinissables et des programmes à talons hauts, il y a, au tréfonds de l'électeur, cette dichotomie ancestrale et triviale

159

qui dans l'isoloir chuchote : « Gauche, mal, droite, bien. »

Interlude à l'intention des membres de l'association des amitiés franco-iraniennes.

« Pour déféquer, il faut éviter pendant l'évacuation de manger, de s'attarder, et de se laver l'anus avec la main droite. » (*Principes politiques, philosophiques, sociaux et religieux de l'ayatollah Khomeiny,* Éditions libres-Hallier.)

Interlude à l'intention de tous ceux qui se prennent pour Nicéphore Niepce.

Tous les appareils photos sans exception ont le déclencheur situé à droite. Qu'en conclure? que tous les appareils photos sans exception ont le déclencheur situé à droite.

13.

... Quand j'étais gosse, mon père me répétait toujours...

Qu'est-ce que l'écriture? la représentation de la parole et de la pensée par des signes. Quand j'étais gosse, mon père me répétait toujours : « Ce qui se conçoit bien s'énonce clairement... » Et il ajoutait aussitôt : « ... tant par les mots que par les lettres ».

A ce moment-là, moi, bafouilleur, bègue à l'écriture concassée, bien sûr je me sentais visé. Cela dit, mon père a toujours eu une bien curieuse vision du monde. Ainsi, chaque année, au premier jour des vacances, il m'appelait à son bureau pour me dire cette phrase, toujours la même : « Tu sais, mon fils, il faut bien que tu te rendes compte qu'aujourd'hui, en ce début de tes congés, tu n'as jamais été aussi près de la rentrée. » En un sens, il avait raison. En un sens, oui. Cela ne m'empêchait pas de quitter la pièce comme un singe en hiver et de réintégrer ma chambre le froid vissé aux os, tout étonné de voir encore des feuilles aux arbres, alors que j'avais déjà des flocons dans la tête. Derrière cette phrase anecdotique et meurtrière, je devinais que l'on me préparait, peut-être brutalement, mais au moins de façon précoce, aux réalités de la marche du temps. Quel rapport avec l'écriture? je ne sais pas. Sans doute aucun. Si ce n'est que la mienne s'apparente à celle d'un type qui sait qu'il ne faut pas trop musarder sur la feuille quand on a la fin aux trousses. C'est sans doute ce que vous expliquerait un graphologue si on lui soumettait cette copie. Pour le sujet qui nous occupe, des graphologues m'ont avoué qu'il était impossible aujourd'hui, en l'état de leur science, de faire la différence entre la copie d'un scripteur gaucher et celle d'un droitier. Il existe par contre pour ces spécialistes une loi de base fondée sur l'orientation, la direction que prennent les lettres manuscrites. Cela se nomme « règle de Pulver », en hommage à Max Pulver, citoyen suisse qui décréta que le monde de l'espace graphique allait de gauche à droite. Plus l'écriture est penchée vers la droite, plus son propriétaire est ouvert sur les êtres, extraverti, confiant, sociable. Plus l'écriture est retenue vers la gauche, plus elle symbolise la crainte, la méfiance des autres, la peur de l'avenir et la présence latente de problèmes psychologiques ou d'adaptation. Dans le premier cas, on parle de tendance « dextrogyre »; dans le second, de tendance « sénestrogyre ».

Cette analyse « graphométrique » des sentiments est aujourd'hui couramment utilisée. Tout le monde en a accepté le bien-fondé. L'opposition fondamentale droite/gauche se retrouve donc à nouveau au centre des rapports sociaux. Tout se passe comme si, encore une fois, la malédiction opérait sa magie en renvoyant le sénestrogyre à ses études ou, au mieux, à un sévère examen de conscience. N'oubliez jamais que cette règle, sans être l'élément fondamental des tests d'embauche, est utilisée pour « préfiltrer » les candidats dont le profil est censé être révélé par l'inclinaison de leurs lettres. Il y a derrière un tel consensus quelque chose de gênant et de confondant à la fois. Être trahi par sa propre main. Cette autodénonciation est déplaisante. Rechts/links.

Si vous « penchez » à droite, l'avenir est dans vos poches. Vous êtes un être positif aux valeurs cotées, quantifiables, immédiatement préhensibles, vous êtes un type dont on raffole, que l'on s'arrache, vous pensez que la vie est trop courte pour s'éveiller triste, vous travaillez pour la postérité, vous allez vers vos semblables la main droite franchement tendue, vous croyez aux vertus cardinales et aux encycliques papales, votre voiture est de l'année et votre pain quotidien. C'est comme ça, il faut vous y faire.

Maintenant, examinons le sénestrogyre. Que remarquons-nous d'abord? Son regard fuyant, torve, dissimulateur, ses yeux jaunes et chassieux qui coulent comme des larmes sur un visage craintif, animé par instants de spasmes révélant le tourment d'une mauvaise fièvre intérieure. Ensuite, il doute de tout. Vous qui penchez vers la gauche, vous ne chantez pas aux anniversaires ni sous la pluie, vous remontez seulement le col de votre imperméable en évitant les flaques. Vous n'avez jamais su danser, ni parler, ni courir au printemps avec une fille dans un champ de blé. Vous avez toujours le sentiment d'avoir déjà vu ça au cinéma, joué avec beaucoup de naturel par des gens bien plus compétents que vous. Vous aimeriez bien botter le cul des chiens, mais vous savez qu'il y a des dents à l'autre bout. Vous avez toujours des barbituriques dans le tiroir parce que c'est moins écœurant que le gaz et plus propre que le napalm. Vous regardez les gens mourir à la télévision, sans pousser à heures fixes des cris remontant dans les cages des immeubles. Vous regardez seulement les gens mourir à la télévision avec ce sentiment calme et résigné que l'on éprouve devant l'agonie chorégraphique d'un poisson rouge dans un bocal d'eau claire.

Vous êtes de ceux qui sont dans le monde parce qu'on les y a mis et attendent qu'un soir la porte s'ouvre pour quitter pas grand-chose et repartir vers rien du tout. Vous aimez l'ombre, les coins, les trous de serrure, les glaces sans tain, les requiem et les défaites injustes. Vous regardez les révolutions tourner l'angle du boulevard en vous disant qu'il est bien tard et qu'après tout ça n'en fera qu'une de plus que vous aurez ratée. Et l'on ne cesse de vous répéter que ce n'est pas comme cela que vous réussirez, que le monde a besoin de types qui se lèvent tôt pour arriver à l'heure et remplir des pages de vide, peut-être, mais au moins d'une écriture lisible et autant que possible légèrement inclinée vers la droite. Oui, c'est ainsi que l'on vous voit, et, dans le fond, je sais bien que cela ne vous déplaît pas.

Max Pulver, Suisse et Suisse, ne l'avait peut-être pas prévu. Non, il n'avait sûrement pas prévu que si vous penchiez ainsi votre écriture vers la gauche, c'était par goût du retrait, de la discrétion, mais aussi, et surtout, pour qu'on vous autorise à vivre à l'écart dans une paix paradoxale. La seule chose que vous demandiez, c'est qu'on vous laisse le tube dans le tiroir. Là, soudain alerté par une sombre prémonition, Pulver semble flairer quelque chose lorsqu'il écrit : « L'écriture de tendance gauche met l'accent sur le retour au moi, aux origines. » Moi je vais vous dire : la tendance gauche, c'est celle du type malin qui a compris que dans les prises de 220 V passait bien autre chose que du courant, qu'il n'était pas essentiel de courir derrière son ombre, et qu'à l'image de Montaigne et des grands sceptiques les plus belles certitudes étaient enfouies dans le « mol oreiller du doute ». De nos jours, il n'en faut pas davantage pour passer pour un malade. Car, ce qu'aime désormais le monde, c'est cette calligraphie positive à tendance dextrogyre. Voici comment la définit notre super-Suisse : « Cette avance impétueuse exprime une tendance fondamentale à l'expansion, au rayonnement, à l'amour. Espoir, succès, avenir, voilà ce que s'efforce d'atteindre notre écriture par son mouvement vers la droite. » Finalement, et mieux que toute autre, cette analyse autour de laquelle se rassemble un large consensus révèle l'aspect discriminatoire et manichéen dont est victime la gauche, en toute chose et en tout lieu.

Bien sûr, cette ségrégation s'accompagne de connotations morales et de jugements de valeur. Séparer la gauche de la droite, soit, mais surtout enfoncer l'une et élever l'autre. Si l'on en revient à nos « Pulverisations », on est forcé de constater que Max ne fait que ratiociner en reconduisant l'inéluctable et indestructible opposition rechts/links. Et là nous vient une tentation. Celle de dire à l'expert : « D'accord, on laisse tout en l'état. La droite est bien cette dame en cardigan, cette épouse de préfet parfumée à la lavande, un œil sur l'office, un autre sur la pile de linge. La droite est bien cette rosière au talon aussi plat que le corsage, toujours souriante, jamais malade, et ardente à l'ouvrage. La droite a le cœur sur la main et ses économies dans la poche, elle mange du poisson le vendredi et jamais n'oublie de récolter ce qu'elle a semé. Elle est parfaite. Conventionnelle, prévisible, parfaite. Avec elle, on s'emmerde, mais on ne manque jamais de rien. Avec elle, on prend des habitudes, et chaque année on loue au même endroit car " il n'y a rien de tel que l'air de l'océan pour les enfants. " » Voilà ce que nous sommes tentés de penser. Et, finalement, cette droite, c'est avec une certaine jubilation qu'on vous la laisse. C'est un peu comme si l'on avait eu à choisir entre deux sœurs et qu'on s'aperçoive que l'on a échappé de peu à la catastrophe. Vous voulez celle qui arrive à l'heure aux rendez-vous, qui aime les chiens et les enfants? Prenez-la, elle est à vous et vous convient parfaitement. Nous, on garde l'autre. L'ombrageuse, la caractérielle, l'imprévisible, l'asociale, celle qui ne croit en rien. Elle nous paraît être celle qui ressemble le plus à la réalité des choses. Il semble qu'elle en ait percé le caractère illusoire, qu'elle en ait fait le tour, flairant, à l'image des animaux, les odeurs de la supercherie. C'est pour cela qu'elle est changeante et qu'elle nous attire. Elle sait ce que la distance veut dire. Et la distance, c'est ce qui sépare aujourd'hui les deux jumelles. Par la faute des hommes et de leur éternel besoin de simplification et d'illusion, la droite et la gauche sont désormais à des années-lumières l'une de l'autre. Tout les éloigne. On les oppose jusque dans l'écriture. Et cela va bien au-delà d'un destin. Dextrogyre (la première sœur) fonce tête en avant sur l'obstacle, convaincue qu'elle va le renverser. Il y a du taureau têtu dans cette femme-là, du bulldozer, du missionnaire aussi. Sénestrogyre, elle, confrontée à une situation identique, a un mouvement de recul, de dégoût, peut-être. Elle sait parfaitement qu'on l'envoie à la mort. Alors, à elle qui l'a flairée (« retour aux origines »), et connaît par avance les règles du jeu pour les avoir subies, ne lui demandons pas de se jeter à corps perdu et avec le sourire vers la fin de l'histoire. Encore une fois et tout bien considéré, puisque nous sommes condamnés à épouser l'une des deux dès notre jeune âge, que l'on nous permette de choisir la seconde. Avec elle, nous n'irons plus au bois ni à Venise.

Savez-vous ce qu'a dit Goethe à propos de peinture, cette autre forme de l'écriture? « Un tableau nous semble souvent bien plus charmant quand nous le voyons en miroir au lieu de le voir face à face. » Il avait tort. Car il existe là encore, paraît-il, une « lecture officielle ». A l'image de Pulver, il se trouve donc des spécialistes pour juger non pas du beau et du laid, mais du bien et du mal, ce qui, quand même, est fort différent. Vous allez croire que je caricature, que j'exagère, surtout depuis que vous connaissez mon sentiment sur les Suisses, mais je vais devoir m'en prendre encore à un citoyen de la Confédération. Vous noterez au passage que, dans les domaines les plus divers, l'art, le temps ou l'écriture, les Suisses ressentent particulièrement l'impérieux besoin de juger les arrivées et de régler les problèmes de circulation de la latéralité. Il y a chez ces gens un désir d'ordre évangélique, une attirance droitière quasi maniaque. Nous allons cette fois traiter du cas de Heinrich Wölfflin, grand historien de l'art suisse. Son postulat, exprimé dans son ouvrage au titre voluptueux, *Gedanken zur Kunstgeschichte (Réflexions sur l'histoire de l'art),* est simple : à l'opposé de Goethe, il estime qu'on ne peut regarder un tableau dans un miroir, car toute œuvre a un sens de lecture de gauche à droite. Les « bonnes places » sont à droite – comment en aurions-nous douté? –, les autres, à gauche. Ça ne se discute pas. Donc, dans le cas d'une image inversée, ces « valeurs affectives », comme il dit, s'en retrouvent d'autant plus « déplacées », et les impressions de l'observateur, profondément modifiées. Selon le Suisse artiste, il s'agit là, bien sûr, de conventions. Mais, explique-t-il, les conventions sont faites pour être respectées. *Rechts, gut, links, nicht gut.* Il n'y a rien à faire. Et, plus on avance dans l'infiniment grand ou l'infinitésimal dérisoire, plus on redécouvre l'éternelle ségrégation morale.

Maintenant, je pense à un homme que je n'aime guère : il a réussi à polluer toute une époque, au moins du point de vue décoratif; mais, sur ses toiles, il a au moins équitablement traité la droite et la gauche. Il s'agit de Vasarely. Toute une œuvre où le face-à-face, l'équité, l'équilibre l'emportent sur toute autre considération. Vasarely fait une peinture où il n'existe aucune « bonne place », sauf parfois au centre, c'est-à-dire à ce point où le parti pris s'abolit. Les valeurs affectives sont équitablement réparties sur la toile, lisibles indifféremment de gauche à droite et de bas en haut. Si l'on s'en tient aux dires de Wölfflin, Vasarely serait donc un peintre sans états d'âme, à la sensibilité assez neutre, refusant de choisir entre le bien et le mal. Cela ne serait pas pour nous déplaire, et nous goûterions avec un certain plaisir ce scepticisme du pinceau, si son œuvre n'était pas à la longue fatigante pour l'œil. On peut le reposer avec Salvador Dali lorsqu'il fait s'écouler le temps dans ses montres molles. Les heures, alors, deviennent gluantes comme de la gelée de coing, et l'on a l'impression de vivre plus longtemps. Ce n'est qu'une impression, mais c'est déjà ça. Pour en revenir à nos Suisses, il faut reconnaître que leurs thèses ont, à l'image de celle de Pulver, fait école. Aussi la théorie de la lecture « sensée, orientée » d'une toile a-t-elle été reprise par Mme Mercedes Gnaffron, dans un ouvrage au titre suave : *Die Radierungen Rembrandts*. Elle a même procédé à des expériences. Ainsi, elle a montré à un certain nombre de personnes la même gravure à l'endroit et à l'envers en leur demandant de découvrir le « bon » côté. Tout le monde l'a trouvé. Elle note que « les jugements des experts ont été moins uniformes, moins prompts et moins sûrs que celui des observateurs naïfs ».

Tout cela mérite remarque. Quand bien même Wölfflin aurait raison sur la forme, ces remarques ne voudraient rien dire de plus qu'il existe, et c'est vrai, une façon officielle de peindre, d'écrire, de photographier et de filmer. Pourquoi voudrait-on que ces modes d'expression ignorent la pensée dominante, qui associe le bon à la droite et le mal à la gauche? Ils ne font que se conformer à un code, une habitude dont nous avons entraperçu les origines. Non, là où les Suisses et leurs supporters nous affligent, c'est lorsqu'ils utilisent cet état de choses pour en tirer des leçons de morale et, surtout, délivrer des certificats de conformité. C'est moins anodin qu'il n'y paraît. Car, derrière l'insignifiance des débats sur le sens de l'écriture ou de la peinture, se profile une théorie, celle-là plus fondamentale dans le domaine de la psychologie. Elle est défendue par Mme Van der Meer dans *Die Rechts-Linkspolarisation des phänomenalen Raums* : « Dans l'espace vital, l'espace de l'expérience vécue, les directions ne sont pas identiques et interchangeables. La gauche et la droite s'y trouvent en opposition polaire. Les directions principales créent, dans l'espace, des régions de l'univers ayant chacune sa valeur propre. Elles ont leur signification, et partant leur fonction et leur efficacité. » Ensuite, Mme Van der Meer associe les « directions principales » à celles du temps : l'avenir à droite, le passé à gauche. Là encore, identité de vue symbolique avec Pulver. Puis elle conclut ainsi :

« L'homme étant un être expansif dirigé vers le mouvement et l'action, il faut s'attendre que le côté droit soit celui de la liberté et de l'action, et le côté gauche celui de la passivité et de la dépendance. »

En clair, si vous voulez vivre, il faut marcher, ne jamais cesser de marcher à droite. Vers votre Avenir. C'est une sorte de condition sine qua non. Un non-choix. Si vous oubliez cette loi de la « Meer », c'est la marée du passé qui vous absorbera. En obliquant à gauche, vous remontez donc vers vos origines, c'est-à-dire vers votre fin. La vie contre la mort, *rechts, links.* Là encore, nous ne nous battrons pas. Comme pour l'écriture et le reste, tout cet immense reste, nous courberons l'échine et cheminerons dans la « passivité » et la « dépendance » vers ce qui semble bien être notre destin. Mais ce qu'oublie de révéler Van der Meer à ses disciples, et on la comprend, c'est qu'un jour ces droitiers qui courent vers l'« espoir » vont se retrouver avec un grand vide sous les pieds. Ils seront simplement arrivés au bout du chemin. Cette extrémité communiquera bien entendu avec l'autre, celle de nos « origines ». Alpha, oméga côte à côte, links, rechts, rechts, links. Bien malin celui qui, à cet instant-là, pourra faire la différence. Alors, que les êtres dextrogyres, « expansifs, dirigés par le mouvement et l'action », galopent à loisir vers leur fin positive. Nous les y rejoindrons le moment venu. Simplement, nous serons moins essoufflés.

14.

Considérez votre main gauche et devinez à qui elle appartient (bis).

« Considérez votre main gauche et devinez à qui elle appartient. » Vous vous souvenez? C'était presque au début. Certains soirs, cette question revient, insistante. Elle fume sur le rebord du cendrier comme une cigarette que l'on a oubliée mais continue pourtant de se consumer. Elle n'est pas là pour mettre le feu, seulement pour que sa consomption finisse par piquer les yeux. Et là, il faut bien apporter une réponse. La mienne est celle-ci : « J'ignore à qui elle appartient, je ne sais qu'une chose, elle n'est plus à moi. On me l'a dérobée, je n'en suis plus le maître. » Dans la vie de tous les jours, ce n'est pas un handicap insurmontable. Elle fait ce qu'elle a à faire, machinalement, et, ma foi, notre collaboration est à peu près sans faille. Il est pourtant un domaine réservé, une activité où elle a toujours tenu à marquer la différence, à signifier clairement : « Nous n'appartenons pas au même monde; ici, mon ami, chacun pour soi. » Un moment où elle se déconnecte et se met à traîner la patte. Je ne lui en veux pas, je la comprends. Depuis presque vingt ans, j'essaie en

vain, avec beaucoup de douceur et d'infinies précautions, de la convaincre de se détendre sur le clavier
du piano. De se délier, d'aller et de revenir. Il n'y
a rien à faire. Un temps, j'ai même pensé qu'elle
était jalouse des facilités de la droite, de son aisance,
de ses capacités à galoper sur les touches. Alors, je
l'ai fait travailler seule pour qu'elle n'ait à rougir de
rien, et surtout pas de la comparaison. Vingt ans de
patience et d'attente, d'espoir et d'obstination. Vingt
ans à guetter les progrès, le moindre effort, le plus
petit signe de bonne volonté. Rien. Si ce n'est cette
langueur permanente, cet autisme de plomb qui
s'englue dans l'ivoire. Ses doigts semblent pétrifiés,
soudés les uns aux autres par d'invisibles ramifica-
tions. On dirait que ma main gauche s'est fixé une
limite à ne jamais dépasser, à ne jamais franchir.
Pourtant, elle se soumet aux exercices. Dans les
morceaux, elle va d'un accord à l'autre, mais part
battue, se précipitant pour ne pas être en retard et
arrivant parfois en avance. Ça s'entend. On fait
toujours trop de bruit à ces moments-là. Vingt ans
que ma main gauche débute. Vingt ans qu'elle essaie
de me faire comprendre : « Tu devrais en rester là.
En tout cas, pour ma part, je n'irai pas plus loin. »
Alors, certains soirs, je la regarde, je la frictionne, la
réchauffe, l'encourage comme on prépare un boxeur
dont on sait qu'il va vers les coups, dont on sait
qu'il n'est pas de taille, qu'il va se faire étendre. Et
donc je l'apprête, lui assurant que tout va bien se
passer. Elle sent que nous allons à la catastrophe, et
moi aussi. Quelques instants plus tard, alors que la

droite cavale dans les étages, la gauche trébuche encore à l'entresol. Longtemps, j'ai cru qu'elle ne pouvait pas. Maintenant, je sais qu'elle ne veut pas. Je sais qu'elle a seulement décidé de me contraindre dans ce qui me tient le plus à cœur. C'est sa manière à elle de me faire sentir qu'elle n'est pas à moi, mais seulement à mon service. J'ai remarqué pourtant qu'elle aimait la musique. Par instants, quand nous sommes seuls et qu'elle oublie ses principes, je la surprends à tapoter un rythme. Discrètement c'est vrai, mais sur le rebord d'une table ou le bras d'un fauteuil, elle tapote. Par contre, dès que s'entrouvre le rouleau du piano, elle se ferme. Je lui en ai longtemps voulu. Je lui ai même joué l'indifférence, le mépris, allant jusqu'à l'ignorer, laissant la droite assurer seule ce qui devait l'être. Je me disais : « Elle va se piquer au jeu, réagir, vouloir montrer à l'autre qu'elle n'est pas cette vieille femme frigide aux étreintes rigides. » J'avais tort. Sa psychologie était beaucoup plus fine et sa résolution inaltérable. Alors, j'ai laissé tomber. Ainsi, la nuit, elle traîne comme une pocharde titubante dans les bas-fonds du clavier. Son pas est lourd, mal assuré. Elle se prend pour Monk ou quelqu'un comme ça. Et puis, quand décidément ces images trop faciles de bars aux néons baveux dégoulinent sur ses doigts, elle remonte sur le rebord du piano tenir la cigarette. Ou le verre de soda. Et là, elle ne bouge plus. Accoudée à l'instrument, elle regarde évoluer la droite comme on écoute un interprète. Je vois qu'elle ne la quitte pas des yeux et que, dans le fond, elle aimerait être à sa place. Au bout d'un moment, elle redescend vers les basses, ces notes aux tonalités de pierre avec leur gorge de nicotine. Et s'y enfonce.

C'est dans cet univers qu'a décidé de vivre ma main gauche. Et de n'en jamais sortir. Comme un enfant buté qui aurait décidé de ne jamais grandir. Ça me rappelle quelque chose.

15.

Lettre à ma main gauche.

LETTRE À MA MAIN GAUCHE

Je viens, chère amie, de parler de vous dans un livre. Dans l'emportement des pages, je me suis même laissé aller à raconter nos affaires intimes, comme cette histoire de piano qui nous a toujours séparés et divisés. A la relecture, je m'aperçois que j'ai été, comme toujours, bien excessif, tant dans mes descriptions que dans mes interprétations. Je ne voudrais surtout pas que vous preniez ombrage des quelques expressions déplaisantes qui, vous le savez bien, ne sont que pures conventions littéraires. Avant donc de mettre sous presse, je vous adresse dès aujourd'hui les quelques feuillets vous concernant. Vivant avec vous depuis si longtemps, et compte tenu des liens originels qui nous unissent, je vous demande de me donner très librement votre sentiment sur ces passages. Une fois encore, sachez-le, je tiens trop à vous pour prendre le risque de vous peiner ou de vous atteindre d'une quelconque façon au travers de ces pages.

Bien à vous.

Mon ami,

Après un aussi long silence, après que vous et moi avons toujours préféré taire ce sujet, je suis assez surprise, je l'avoue, de le voir aujourd'hui ainsi porté sur la place publique, et en des termes parfois confondants. Je comprends certes les exigences de votre travail pour vous avoir observé à votre insu pendant ces moments-là, sans pour autant approuver le ton de cette conversation qui pourtant semble vous tenir à cœur. En lisant par-dessus votre épaule tout ce qui a précédé, j'ai parfois été agréablement étonnée de voir l'estime que vous me portez, notamment lorsque vous évoquez la façon dont votre famille vous a séparé de moi. Je pourrais vous reprocher votre lâcheté d'alors, je pourrais regretter que vous vous soyez laissé aussi facilement circonvenir, je ne le ferai pas.

Vous semblez avoir la nostalgie de notre ancienne complicité et déplorer la durée éphémère de notre union. Je me demande si vous ne vous laissez pas aller aux tentations faciles que vous offre le sujet, car n'oubliez jamais que, sans arrêt, je vous observe, que je suis là, toujours assise au bout du bras, en retrait, depuis que vous vous êtes installé avec ma sœur. Certes, cette alliance vous a été imposée, mais avouez qu'après une courte période de chagrin que je crois réelle vous vous êtes très rapidement habitué à elle, au point de former aujourd'hui un couple très uni. J'ajouterai que, pen-

dant des années, vous ne m'avez même pas remarquée.
Maintenant, conformément à votre caractère sans grand
courage, je comprends que vous voudriez revenir à moi,
mais, comme cela ne se fait pas, et sans doute dans
la crainte de bousculer les usages, vous désireriez au
contraire que ce soit moi qui me rapproche de vous.
Ainsi, et un peu à la façon des rêves de tous les
hommes, vous vivriez heureux entre deux sœurs qui,
ensemble ou alternativement, vous dispenseraient leur
aide ou leur affection. Sachez, mon ami, que j'ai
d'abord trop d'estime pour ma jumelle, quoi que vous
en pensiez, pour rentrer avec complaisance dans ce jeu
d'attirance ou de séduction. Par ailleurs ne me deman-
dez pas ce que je ne peux plus vous donner. Ne me
demandez pas d'accomplir des tâches qui ne seront
jamais miennes, du simple fait de notre séparation.
Ne me demandez pas, la nuit, de vous exciter par je
ne sais quelle fantaisie musicale, alors que ma sœur
fait cela avec beaucoup d'entrain et de compétence.
Au piano, puisque vous l'exigez tous deux, je vous
accompagne, mais jamais, jamais, sachez-le, je ne
prendrai la moindre initiative ni ne simulerai le plus
discret plaisir. Quant à la question de savoir à qui
j'appartiens, cher, je ne peux en aucun cas vous
empêcher de vous interroger à ce sujet, mais ne comptez
cependant pas sur moi pour vous éclairer. Depuis notre
rupture, je me sens délivrée de tout engagement envers
vous et me donne au gré de mes désirs. Vous n'avez
ni n'aurez jamais plus aucun droit sur moi. Cela
n'empêche pas que nous continuions à vivre sous la

même enveloppe ainsi que nous en avons pris l'habitude depuis plus de trente ans.

Permettez-moi encore de m'interroger une dernière fois sur l'intérêt subit que vous me portez. A ce sujet, dois-je vous rappeler que cette inclination n'est pas venue de vous mais a été suscitée par un proche et qu'au premier abord, lorsqu'on vous a fait souvenir de mon existence, vous avez pris un air plutôt agacé? Dois-je vous répéter cela? En ce qui concerne vos pudeurs quant aux qualificatifs assez peu flatteurs dont vous me gratifiez dans le passage qui m'est consacré, sachez qu'ils n'ont, pour moi, pas la moindre importance. Votre méchanceté passagère me paraît aussi peu convaincante que celle que vous développez par ailleurs à l'endroit des Suisses. Vous n'êtes qu'un enfant assez capricieux à qui l'on a passé trop de colères. Ne rectifiez donc rien à votre articulet. Il vous qualifie bien plus qu'il ne me dépeint. Maintenant, je vous laisse, sachant que vous avez encore fort à faire. Avec ma sœur notamment. Pendant qu'elle tiendra le stylo, je me contenterai de lire par-dessus ses doigts en pensant quand même tendrement à vous.

Votre main gauche.

16.

*Depuis hier, je me pose une question
essentielle...*

Depuis hier, je me pose une question essentielle. Les gauchers aiment-ils le cinéma parce que celui-ci leur renvoie leur image? Vous avez raison. Un rien m'amuse. Vous me laissez le lundi avec cette interrogation entre les doigts et vous me retrouvez, le week-end suivant, dans la même position du rêveur couché et perplexe. Entre-temps, j'aurai arrosé les plantes, taillé la haie, rentré le salon de jardin, sorti le bas-rouge et réparé l'applique de la salle de bains. Finalement, je crois que je suis un type épatant. Car, en plus, j'aurai vraisemblablement la réponse à la question posée plus haut. Ainsi, je vous dirai : « C'est le cinéma qui aime les gauchers, et non l'inverse. »

Car c'est vrai, le monde de l'image adore ces êtres « contraires ». Je vous ai fait une petite liste : Robert de Niro, Judy Garland, Olivia de Havilland, Rod Steiger, Telly Savalas, Marilyn Monroe, W.C. Fields, Harpo Marx, Lenny Bruce, Richard Prior, Kenneth Williams, George Burns, Charlie Chaplin, Rex Harrison, Shirley McLaine, Marcel Marceau, Rock Hudson, Kim Novak, Greta Garbo, Betty Grable.

J'aurais pu descendre plus bas, vous proposer du choix secondaire comme Victoria Principal. Non, j'ai préféré m'en tenir à l'essentiel. C'est ainsi. Et, comme pour magnifier ces êtres dans la galaxie de l'Eastmancolor, Hollywood mit un jour en chantier un film-culte intitulé *Le Gaucher,* où l'on voit Paul Newman descendre tout ce qui bouge avec sa « mauvaise main ». Puisque nous voilà à nouveau parmi les célébrités, permettez-moi une anecdote. D'après les spécialistes, les États-Unis d'Amérique ont eu trois présidents gauchers : James Garfield, Harry Truman et Gerald Ford. Du premier, nous regretterons qu'il ait été prématurément assassiné en 1881 par un solliciteur éconduit, du second, nous n'oublierons pas l'horreur d'Enola Gay, du dernier, nous dirons simplement qu'il ne fait pas partie de la famille. Aucun gaucher qui se respecte ne le prendrait en auto-stop. Cet homme n'avait même pas la duplicité d'un Nixon, les cacahuètes d'un Carter, ou les cancers d'un Reagan. Non, c'est bien simple, Ford n'avait rien. Dès qu'il mettait un pied devant l'autre, ses conseillers faisaient silence autour de lui. Il fut l'un des rares humains à ne jamais avoir compris le principe de l'escalier. C'est ainsi qu'on le relevait aux quatre coins du monde, tantôt au pied d'une passerelle d'avion, tantôt au bas des marches d'un palais. Dans ces conditions, on comprend mieux pourquoi le lobby des droitiers a voulu se débarrasser de cette nullité ayant du mal à saisir que pour respirer il faut aspirer de l'oxygène et rejeter du gaz carbonique. La légende raconte que, parfois, pour avoir oublié ces principes, il était découvert par ses proches affalé dans les râles sur son bureau, le visage bleui, aux portes de l'asphyxie. Devant un tel état, on procéda à une enquête de latéralité. On soumit l'ex-président à quelques tests discrets. Sans pousser très loin l'investigation, on découvrit que Gerald Ford jouait (?) au golf de la main droite, jetait une balle de la main droite et écrivait au tableau de la main droite (véridique). Du coup, on se demande aujourd'hui tout simplement si Ford Gerald, président des États-Unis d'Amérique, n'a pas depuis toujours confondu sa droite avec sa gauche.

Nous parlions à l'instant de tests. Il en existe un grand nombre pour dépister le gaucher, confondre le falsificateur et dévoiler l'ambidextre.

Nous vous en présentons toute une batterie.

D'abord, le procédé Tesnière. Ce médecin scolaire dont nous étudierons plus loin les travaux propose les épreuves suivantes pour évaluer la sénestralité d'un sujet : superposer des bouchons, se servir d'un marteau, faire tourner une toupie, coudre, tourner une petite manivelle, appuyer sur un bouton de sonnette, se servir de ciseaux. La lecture des résultats est très simple : 0 ou 1 épreuve réalisée de la main gauche : droitier. 2, 3, 4 épreuves de la main gauche : mal latéralisé. 5, 6, 7 épreuves de la main gauche : gaucher. Si vous ne pouvez accomplir ces épreuves ni avec la main droite ni avec la main gauche, c'est que vous avez le sens du ridicule.

Autre test : comment rechercher par vous-même, sans connaissance particulière et sans effort, lequel de vos deux hémisphères cérébraux l'emporte sur l'autre. Ce qui va suivre ressemble à un gag. Ce n'en est pas un. Le passage que je vous cite est extrait de *Dyslexie et dyslatéralité* d'Étienne Boltanski (collection « Que sais-je? », p. 40) : « [...] On a aussi cherché s'il existait des indices anatomiques fiables de la dominance cérébrale. La plupart des indices qui ont été proposés (formation des ongles, indice ectodermalmésenchymien de Vinar, configuration des veines sur le dos de la main, etc.) ne sont pas convaincants. Le plus intéressant paraît être la direction des torsades des cheveux, direction qui serait généralement celle de l'hémisphère dominant, une absence de direction, droite ou gauche, étant peut-être associée à une absence de domination d'un hémisphère sur l'autre. »

Je vous avoue qu'en lisant ça j'ai marqué un temps et ensuite douté de tout. En plus, le monde me regarde d'un drôle d'air depuis que, dès l'entrée d'un visiteur, je me précipite sur son occiput pour savoir à qui j'ai affaire. Et quand on me demande quelle mouche me pique ou pour quelle raison je fouille ainsi avec avidité dans les pilosités des gens, superbe, je réponds : « Je cherche des indices anatomiques fiables de la dominance cérébrale. » Et ça, croyez-moi, c'est le genre de phrase qui vous pose un homme et inspire définitivement le respect.

Il est vraiment étonnant de voir le nombre de tests que l'on a pu mettre en application pour évaluer le degré de latéralisation d'un individu. Le résumé qui suit n'est encore qu'un mince aperçu du choix dont dispose l'investigateur.

Test du saisissement

Le patient est assis. Derrière sa tête est posé un objet. Au signal, le sujet doit s'en emparer au plus vite. L'exercice est répété plusieurs fois. A la fin, la main qui a été le plus souvent utilisée est décrétée « main préférée ». On s'en serait douté.

Test de préférence

Le cobaye est soumis à toute une série d'exercices : écriture, lancer, dessin, ciseaux, rasage, brossage de dents, couteau, fourchette, cuillère, marteau, tournevis, râteau, tennis, pêche, batte de cricket, club de golf, allumer une allumette, ouvrir une boîte, donner des cartes, enfiler une aiguille, taper du pied dans un ballon, viser d'un œil, se peigner. L'usage répété de la même main pour accomplir ces tâches révèle la dominante. S'il y a équilibre, c'est le signe de l'ambidextrie.

« Cross Test », d'après Theodore Blau

En une demi-minute, on doit tracer des deux mains à la fois quatre ensembles de croix et les entourer d'un cercle. L'opération est répétée à des vitesses de plus en plus rapides. La main dominante est celle qui a tracé les dessins les plus corrects.

« Van Riper Critical Angle Board »

Van Riper est un thérapeute américain qui, lui, a mis au point un protocole un peu plus sophistiqué. Le sujet trace simultanément avec les deux mains une figure géométrique sur deux tableaux séparés et pivotants. Une fois le premier dessin terminé, l'examinateur fait pivoter de 10 degrés chaque surface d'écriture. Cette manipulation est répétée plusieurs fois jusqu'à ce que le patient, ne voyant plus ce qu'il fait, finisse par dessiner, de sa main faible, la figure en miroir. Cette main sera dite « non prévalente ». Si, par contre, l'effet miroir ne se manifeste pas, on parlera d'ambidextrie. Selon Van Riper, cette méthode d'investigation a surtout le mérite de révéler, grâce à sa particularité, le gaucher contrarié. C'est derrière le tableau noir que se cacherait la vraie nature du gaucher.

Au risque de froisser Van Riper, nous remarquerons là encore que nous en étions convaincus. Cela dit, l'ensemble de ces examens a quand même un réel avantage, celui d'établir la véritable préférence manuelle d'un individu au-delà de certaines activités évidentes que l'on pourrait appeler aussi « de surface ». De ce point de vue, le gaucher est une sorte d'iceberg dont la partie invisible serait aussi la plus révélatrice. C'est en descendant vers ces profondeurs que l'on arrive à mesurer totalement son degré de sénestralité.

Personnellement, je rendrai toujours hommage à ce type de recherche, ne serait-ce que pour avoir un jour exposé sans équivoque la véritable nature de Gerald Ford, l'homme qui croyait que le monde glissait sur un tapis roulant.

17.

*C'est drôle. Au fil des pages, je
remarque que nous nous éloignons
de la main en tant que telle...*

C'est drôle. Au fil des pages je remarque que nous nous éloignons de la main en tant que telle. Comme si, déjà, nous lui avions tendu la nôtre pour prendre congé, pour nous séparer d'elle, ayant compris que tout commence plus haut et qu'elle n'est en somme que l'imprimante du computer. C'est presque un truisme de dire que tout se joue dans la nuit des hémisphères, dans l'opaque et le moite, sous le couvercle des os. L'empire des sens n'est qu'un morceau de cervelle que l'on s'arrache comme un bout de gras. Car cette « terre neuve » donne aux pionniers de l'esprit le goût des conquêtes. Chacun essaie de comprendre ces grands espaces, espérant un jour leur donner son nom. Du coup, les spécialistes partent dans toutes les directions et reviennent les bras chargés de conclusions définitives. En quelques dizaines d'années, la médecine a opéré des revirements spectaculaires sur les conduites à tenir face aux gauchers. Les écoles se sont affrontées dans des mêlées souvent confuses dont il est possible aujourd'hui de retracer les étapes. En 1949, par exemple,

Conrad affirme que la gaucherie n'est pas le résultat d'« une prédominance cérébrale droite, mais bien plutôt d'une latéralisation incomplète. Les gauchers ne seraient donc que des dyslatéralisés ».

Dans le même courant d'idées, et plus près de nous, on trouve les travaux de Tesnière, un médecin bordelais qui, à la suite d'une vie professionnelle entièrement consacrée à ce sujet, note que le bégaiement est plus fréquent chez les gauchers que chez les droitiers. Jusqu'à présent, on pensait que le fait de contrarier un gaucher engendrait le bégaiement; Tesnière affirme qu'il préexiste au contraire à l'inversion. Du point de vue de l'apprentissage de la lecture, de l'écriture et du langage, ce médecin a également observé qu'il était plus lent chez les gauchers que chez les droitiers. En fait, ainsi qu'il le note : « Les gauchers non contrariés sont dans l'ensemble désavantagés par rapport aux gauchers contrariés. L'extrême libéralisme éducatif dont on a fait preuve depuis quelques décennies, dans le désir d'aider les gauchers, non seulement a échoué, mais encore a contribué à multiplier leur nombre. L'éducation scripturale gauche est responsable en France de la création d'environ quatre mille bègues par an et peut-être également d'un nombre considérable de sujets ayant des problèmes dans l'apprentissage de l'écriture et de la lecture. »

Tesnière incarne depuis lors le « croisé » de la rééducation. *Urbi et orbi,* il prêche le retour à la dextralité, affirmant que, chez trois cents gauchers habilement contrariés, on n'a pas noté l'apparition du moindre trouble. Dans le même temps, au milieu du même monde, se trouve une école tout aussi éminente, également péremptoire, et qui, elle, se déclare en faveur du respect des préférences naturelles, affirmant que l'être doit pousser en dehors des contraintes, au gré de ses pulsions, et selon ses orientations profondes, ses racines.

Tout cela n'a guère d'importance, dans le fond. Mais a néanmoins un mérite : celui de montrer, une fois encore, que cette démangeaison séculaire irrite toujours autant et que, selon ses croyances ou ses connaissances la différence est parfois mince, l'homme pense qu'il n'existe qu'une « bonne main » pour se gratter. En revanche, ces empoignades ne doivent pas faire oublier la réalité du combat qui se livre sous nos têtes à l'instant du choix. Comme l'écrivent Wiener, Orton et Kovarsky, tous convaincus que c'est folie pure de contrarier un gaucher : « Tout se passe à ce moment-là comme si les deux moitiés du cerveau se disputaient pour savoir laquelle des deux sera maîtresse. » Et, pendant ce temps, pendant cette bataille de chiffonniers qui se déroule sous son crâne, on imagine le type qui, en bas, attend que les choses s'arrangent. Il voudrait calmer ce jeu de fou mais aussi les esprits. Il voudrait dire quelque chose d'apaisant, mais il ne trouve plus les mots. Il tourne en rond devant les lettres, incapable d'exprimer l'idée de paix qu'il a en lui. C'est, je vous assure, une drôle de sensation que d'être le locataire de deux hémisphères capricieux, tatillons, mesquins, qui se disputent les commissures et les corps calleux. Ceux qui ont le tempérament sécuritaire doivent en plus savoir qu'il n'existe aucune police de l'âme. Alors, on se replonge dans cette guerre de l'invisible, on recherche dans les grands livres de bataille l'issue des combats. Et l'on se retrouve au point de départ. Avec, d'un côté, l'« armée Tesnière » et, de l'autre, l'« armada de Vilma Fritsch » qui, à l'inverse du médecin bordelais, conclut qu'« il faut s'attendre, chez un individu privé de latéralité naturelle pour des raisons pathologiques, mais, aussi, chez les gauchers rendus droitiers par éducation, à une certaine dysharmonie des fonctions neurologiques et, en particulier, à une augmentation des troubles du langage. [...] On sait que le bégaiement commence en général à l'âge justement où l'enfant est bien obligé par son entourage de devenir droitier quelle que soit sa latéralité d'origine ». Oui, nous voilà bien revenus à notre point de départ : face à ces deux écoles irréconciliables et, sous le tapage de nos voisins du dessus, emportés dans la guerre des hémisphères. Une drôle d'affaire. Pourtant, il est des cas où l'on observe un armistice. Celui-ci amène un élément troublant, touchant, et prouve que le cerveau travaille comme un tout. On a vu précédemment qu'à quelques nuances près chaque partie de l'encéphale avait ses fonctions propres. Or, quand un hémisphère est atteint d'une lésion (hémorragie cérébrale ou autre), l'autre secteur qui jusqu'alors ne se mêlait pas de ses affaires prend le relais de son partenaire défaillant, et assure les affaires courantes. Deux exemples célèbres : Pasteur qui, à la suite d'une attaque, et déjà vieux, apprit avec succès à écrire de la main gauche, et surtout l'entomologiste Auguste Forel qui, atteint du même mal, prit une décision semblable et fut l'auteur d'un ouvrage essentiel en cinq volumes sur la vie des fourmis. On voit bien là que si, en temps normal, chaque hémisphère vit sa vie, une solidarité certaine s'installe, au contraire, dans les moments de crise grave. Cela ressemble au comportement de ces couples libertins qui se rapprochent dans le malheur ou la souffrance. Et là, il n'est plus question de prévalence ni de protocole. Au point que Vilma Fritsch note : « On doit conclure de ces observations qu'en cas de nécessité la moitié de cerveau plus faible peut assumer des tâches incombant d'habitude à la moitié plus forte. » C'est bien là l'histoire de la vie à deux.

Pourtant, ici encore, surgit un nouveau mystère. Quelque chose d'inexplicable et de profondément angoissant. Quelque chose qui, soudain, ne s'enclenche plus dans la boîte, la disparition étrange d'un synchronisme. On ne peut même pas l'appeler un mal, tout juste un état. Il est quelques gens qui, toute une vie, ou seulement de courts instants, sont « aveugles » en latéralité. Ils ne savent plus discerner leur main droite de leur main gauche, ils n'ont plus la moindre notion de ces repères. Vous allez penser que cet état ne peut affecter que des êtres démunis de tout, à l'esprit évidé. Bien sûr que vous pensez cela. Tout le monde pense cela. Et c'est une grande erreur. Les « aveugles » de ce type les plus connus s'appelaient Schiller et Freud. Ce dernier définit ainsi sa cécité : « J'ignore si les autres gens situent nettement et immédiatement chez eux et chez les autres leur droite et leur gauche. En ce qui me concerne, il fallait autrefois que je réfléchisse pour savoir où était ma droite, aucune sensation organique ne me l'apprenait. »

Ce phénomène peut aussi survenir de façon accidentelle. J'ai moi-même été « aveugle » pendant quelques semaines. Voici comment cela est arrivé.

Ce jour-là, sur une route de Floride, il faisait une chaleur d'enfer. Le ciel était brûlant et avait la couleur bleue des flammes d'un four à gaz quand la combustion est parfaite. Le type qui conduisait ne roulait pas vite. Il avait mis de la musique. Je ne sais pas pourquoi, mais je me souviens parfaitement que ce gars-là avait un tic : il se frottait sans cesse les yeux comme quelqu'un qui a sommeil et ce en produisant un curieux bruit de gorge. Moi, je pensais à l'endroit où je devais aller. A cette allure-là, je n'étais pas près d'y arriver. Je regrettais d'être dans cette voiture avec ce tordu qui m'avait presque embarqué de force. On s'était rencontrés chez des amis et je n'avais pas pu refuser son offre de transport. A un moment, le type a freiné et s'est rangé sur le bord de la route. Il m'a dit : « Je vais me baigner. » Je suis descendu. L'eau était sale. De loin, je regardais la voiture. Elle était minable et rouillée. C'était une japonaise. L'autre est ressorti de la flotte, a fait un saut jusqu'à sa bagnole, puis est allé s'asseoir dans un coin. Il tenait des trucs à la main. Je n'ai pas le souvenir de m'être jamais senti aussi seul. Alors, pour couper avec ce sentiment, je me suis approché de lui. Il préparait une mixture sur du papier d'aluminium et tenait une pipe à la main.

« Tu fais quoi?

– Tu vas goûter.

– C'est quoi?

– Tu verras. »

J'ai regardé vers le large. Il y avait de l'eau et des bateaux. Lui s'affairait. Je le voyais déposer quelques cristaux blancs sur une grille qui était à l'intérieur du brûle-gueule. Il arrangeait tout ça avec grand soin. Puis il a pris un briquet, a enflammé un instant ces espèces de petits cailloux et aspiré profondément une fumée livide. Il m'a passé l'engin en ajoutant :

« Pompes-en beaucoup.

– C'est quoi?

– C'est rien. »

A l'époque, je n'étais pas très curieux. Il a allumé le briquet et j'ai tiré sur l'embout. C'était plutôt dégueulasse. Je lui ai rendu la pipe en disant : « On y va? » A ce moment, je revois encore son visage. Il s'est tourné vers moi et a fait un sourire où l'on pouvait lire : « Attends, tocard, dans deux minutes, tu seras moins pressé. » J'ai compris très vite. Il était trop tard. En un temps qui m'a semblé fulgurant, je me suis senti raidir comme si mes articulations se soudaient. « C'est quoi? » j'ai répété. Lui avait déjà baissé les stores.

Ce qui s'est déroulé ensuite est encore très précis

dans ma tête. Je me suis senti rapetisser, ou plutôt me concentrer, me densifier. J'avais l'impression d'être à la fois réduit et beaucoup plus puissant. J'étais cloué au sol. Ensuite, j'ai dû fermer les yeux. Quand je les ai rouverts, il faisait nuit. L'autre était parti en me laissant mes affaires. J'étais encore terriblement sonné mais j'apercevais la surface. Je remontais lentement de ces abysses, par paliers, comme un scaphandrier. Petit à petit, je retrouvais l'usage de la vie. A un moment, j'ai même dit : « J'ai froid. »

Quelques jours plus tard, je me trouvais à Mobile, Alabama. Et c'est là que ça a commencé. A un croisement, je me suis arrêté. Il m'a semblé que cette attente durait des siècles, que j'étais planté là comme un poteau, incapable de prendre une décision. C'est comme si, soudain, quelqu'un m'avait sommé de lui expliquer : « Pourquoi le bleu ? » J'étais « aveugle ». Totalement « aveugle » de la droite comme de la gauche. Je pouvais tourner des deux côtés, mais il m'était devenu impossible de leur donner un nom, une identité, une raison d'être. Plus rien n'avait de sens. Je vous jure qu'à ces instants-là, on a très peur. Une peur sale, ne reposant sur rien. Seulement le sentiment d'avoir perdu une chose essentielle. Alors, je me suis garé, j'ai quitté la voiture et marché longtemps. A chaque angle de rue, il fallait choisir. Gauche ? Droite ? Je me disais ça dans la tête, mais ces mots ne désignaient plus rien. Rien qu'une abstraction parfaite, l'inconcevable attraction d'un vide. Je crois que, si le type de la plage avait été là, je l'aurais supplié jusqu'à ce qu'il me rende mes deux côtés. Le phénomène, en s'atténuant, a encore duré deux semaines avant de disparaître totalement.

Depuis, j'évite même le plus doux des somnifères et considère les fumeurs de pipe comme des voleurs de latéralité en puissance.

Quant à Freud, on comprend que, victime pendant des années de cette angoisse essentielle, il ait eu envie plus tard de fouiller la tête des hommes, sans doute avec le secret espoir de pouvoir un jour leur dérober ce qui tant lui manquait.

18.

*La nuit des hémisphères est
angoissante...*

La nuit des hémisphères est angoissante. Comme toutes les nuits. Ce sentiment est encore plus profond en moi depuis que j'ai lu cette phrase quasi désespérée de Robert Wiener, créateur de la cybernétique : « En examinant la valeur de la différence entre les deux hémisphères cérébraux, on peut se demander si nous ne sommes pas parvenus à l'une de ces limitations de la nature qui veut que les organes doués de la spécialisation la plus élevée arrivent bientôt à un niveau où leur efficience décline pour aboutir à l'extinction de l'espèce. »

Nous sommes peut-être là au cœur de notre sujet, conduits par la main de Wiener dans ce « couloir de la mort ». Ses mots relativisent tout ce qui a été dit ou écrit sur le monde des latéralités. Ils ont également le mérite de nous ramener à notre condition première, celle d'un éphémère reflet dans le coin d'un miroir. Un reflet déclinant, bientôt effacé, parce que là-haut, dans la boîte, la gélatine a commis un péché d'orgueil. Elle l'a commis sans y penser, et c'est cela même qui la condamne. Wiener a peut-être exagéré les choses. Il a en tout cas le courage de nous proposer une fin de film remplie d'êtres dégénérescents soldés pour cause de fin d'espèce.

D'autres scientifiques, on l'a vu, s'en tiennent à des observations plus immédiates, et certainement moins philosophiques, en étudiant simplement les dégâts de la latéralisation qui est, elle-même, une des manifestations de la spécialisation des hémisphères. En conclusion à de longues observations Lhermitte écrit ainsi que : « L'encéphale n'est pas un organe homogène dont les hémisphères sont équipotentiels. Sans aucun doute, nous devons reconnaître la réalité d'un hémisphère majeur et d'un hémisphère mineur. » Wiener vous dirait qu'il faut lire là les signes avant-coureurs de son diagnostic, qu'en haut la guerre fratricide a déjà commencé et qu'à un moment le « majeur » tuera le « mineur ». Juste après, bien sûr, il prendra conscience de son erreur, voyant qu'il ne peut accomplir seul la tâche que l'on attend de lui. Alors, comme un jour qui lentement disparaît, lui aussi déclinera. Cela, c'est l'hypothèse dure. Ceux qui, comme Grafin, croient en l'homme ont évidemment une vision beaucoup plus douce et « sociale » de la situation. Eux estiment que « la droite et la gauche ne sont pas l'une par rapport à l'autre dans une opposition contradictoire qui découlerait d'une hiérarchie définitive, mais bien plutôt en complémentarité. [...] (Et que), telles les mains droite et gauche, distinctes mais coagissantes, une latéralisation physique et une latéralisation morale sont les deux composantes, en relation à une même

aptitude essentielle, caractéristiques de l'être humain ».
Le pire est bien que ces deux « visions » ne sont pas
antinomiques. Celle de Grafin constate l'état des
choses, tandis que celle de Wiener en préfigure
l'avenir et surtout la fin.

Mieux vaut peut-être en rester là pour conserver
la paix de l'esprit, cette ignorance moelleuse qui
amortit les chocs du réel. Je suis maintenant convaincu
que la droite et la gauche mènent à tout. Y compris
à la déraison. A trop rechercher leur origine, à trop
fouiller dans leurs poches et leur cervelle, on finit
par perdre la tête. La nôtre, finalement, préfère
tourner en rond dans le labyrinthe des innocents.
Nous nous réjouissons toutefois que, dans le malheur, et pour une fois, le gaucher soit avantagé par
rapport au droitier. Ainsi, de nombreuses études ont
révélé que les cas d'aphasie chez le gaucher régressent
plus vite que chez le droitier. C'est une maigre
consolation qui signifie cependant qu'au niveau du
langage il y a davantage d'harmonie et de complémentarité entre les hémisphères d'un cerveau de
gaucher qu'entre ceux d'un droitier. Également moins
de spécialisation, puisque l'atteinte d'un flanc ne crée
pas un vide. Cela veut dire que le côté sain possède
au moins le « double des clefs ». Du point de vue
de Wiener, cela est plutôt rassurant et ferait du
gaucher l'avenir de l'homme puisque son cerveau
apparaît moins scindé, plus convivial. C'est peut-
être juste une remarque sans fondement, une observation aussi gratuite que celles émises par ceux qui
prêchent non l'éradication des gauchers, mais au

moins leur rééducation. Ces gens appartiennent à une irréductible catégorie d'individus capables, pour arriver à leurs fins, d'utiliser le P. 38 de la science, de la morale, de la philosophie ou de la religion. A ces intégristes du juste côté, à ces grands malades de la norme, nous laisserons les clefs du couloir de la mort de Wiener ainsi que ce petit mot : « Amusez-vous vite, jeunes gens, très vite, car le temps vous est compté. »

Derrière la porte commence la nuit des hémisphères.

19.

*Au début, nous étions partis de rien.
Et nous voilà maintenant arrivés
au « sud de nulle part »...*

Au début, nous étions partis de rien. Et nous voilà maintenant arrivés au « sud de nulle part ». Certains diront que nous avons tourné en rond et ils n'auront pas tout à fait tort. Je leur répondrai seulement qu'en attendant l'heure il faut bien occuper ses mains et distraire ses hémisphères. Par ailleurs, il est vraisemblable que tout à l'heure, dans la cohue, je n'aurai pas le temps ni la possibilité de prendre congé de vous ainsi que je l'aurais souhaité. Aussi, quand le moment sera venu et que sur ce quai de transit le préposé en uniforme nous séparera en hurlant : « *Links, rechts, rechts, links !* » tout devra avoir été dit. Ainsi, il me reste juste assez de temps pour vous raconter deux histoires.

Dans son village, Louis était un type connu. Surtout du patron du bistrot. C'était un abonné du comptoir, un vrai titulaire, toujours à sa place. Pas vraiment un alcoolique, plutôt un siroteur. Un verre pouvait facilement lui faire deux bonnes heures. Il n'était pas non plus bavard. Quand il entrait, tout le monde gueulait : « Salut, l'estropié ! » Louis ne répondait jamais. Il avançait seulement jusqu'à sa place et murmurait au patron : « Un Clacquesin. » Il en est des rituels de café comme de la liturgie. Chacun connaît son texte et la réplique de l'autre. C'est ainsi depuis toujours. Ainsi, depuis toujours, pour le village, Louis, c'était l'estropié. Pourtant, il ne souffrait d'aucune claudication et n'était pas sujet aux crises de goutte. C'était seulement le reliquat durci d'une vieille histoire qui remontait au temps de la communale. A l'époque, Louis était le seul gaucher de sa classe. En ce temps-là, on ne badinait pas avec ce genre d'excentricité. Et ses copains, qui vieillissaient aujourd'hui devant leur ballon de rosé, lui avaient donné ce surnom, l'estropié. En fait, il devait le traîner toute une vie durant. Peut-être était-ce à cause de cela qu'il avait ce caractère fermé comme un volet. Peut-être était-ce à cause de cela qu'il ne s'était jamais marié et préférait la compagnie silencieuse des Clacquesin à celle des hommes. Pourtant, régulièrement, il les approchait, de loin, comme pour les renifler. Et ils avaient bien toujours cette même odeur légèrement incommodante que l'on finit par attraper quand on marche à plusieurs. Louis avait son odeur à lui, son odeur propre, personnelle, corporelle. Malgré le temps et les sarcasmes, les naissances et les enterrements, la guerre et le mauvais temps, il revenait dans ce bistrot comme pour narguer silencieusement, et par sa seule présence, ceux qui se foutaient de lui. Parfois, il avait même quelques petites satisfactions lorsque, par exemple, un beau jour, en entrant, il constatait une place vide dans le coin des emmerdeurs. Cela voulait dire que l'un d'eux était mort et qu'au moins, pendant le temps du deuil, il aurait la paix. Alors, discrètement, les yeux dans le vague du Clacquesin, il comptait les survivants et, dans sa tête, murmurait : « Plus que sept. » Puis six. Puis cinq. Puis quatre. Enfin, un matin, c'est Louis qui ne revint pas. Statistiquement, d'ailleurs, il n'avait aucune chance. L'estropié s'en était allé sur la pointe des pieds sans déranger personne. Ses obsèques furent suivies seulement par le curé et quelques nuages. Il faut dire qu'au bistrot tout le monde était trop occupé à lire l'avis de décès paru dans le journal local : « Louis D... a la douleur de vous faire part de la mort de Louis D..., gaucher. » Au comptoir, il y avait une place vide. Et il restait tout juste un fond dans la bouteille de Clacquesin.

L'autre histoire m'a été racontée une nuit, en Espagne, par un type minuscule qui vivait dans une grande maison. L'homme parlait fort, très vite, en s'épongeant sans cesse le front. De ses fenêtres, on devinait les lumières de Gibraltar. Des lueurs anglaises qui se consumaient sans doute dans le parfum des Craven A. Domingo était le dernier héritier d'une famille déjà éteinte. Il était en quelque sorte l'ultime reflet d'un quasar. Domingo vivait sur la queue d'une comète parmi la poussière des étoiles, déjà à demi absent. Il avait une conscience profonde de sa situation. Derrière lui, il n'y avait plus personne. Qu'un bout de vide. Je me souviens qu'il disait tout le temps : « Tu me vois mais je n'existe déjà plus.

219

Je suis comme ces galaxies dont on perçoit encore la lumière et qui ont pourtant disparu. » Cette situation en bout de lignée et sans doute bien d'autres déceptions lui avaient fatigué l'esprit. Aussi vivait-il le plus souvent seul dans cette bâtisse à la peau livide. « Vivait » est un bien grand mot pour cet homme si proche de la mort. Jamais je n'ai rencontré un être si disposé à en finir. Dans l'entrée, il y avait deux valises contenant l'essentiel de ses souvenirs et de ses papiers. Le taxi du cimetière pouvait venir. Tout était rangé là, en ordre. La conversation de Domingo était à l'image de son existence. Fascinante et tuante. Je n'oublierai pas cette nuit-là où il parlait très fort en s'épongeant sans cesse le front. Nous étions sur le balcon lorsqu'il m'a dit : « Est-ce que je t'ai déjà raconté l'histoire d'Alfonso ? » Je crois bien qu'il n'a pas attendu ma réponse. Alfonso était, paraît-il, un homme très beau, fils aîné d'une famille possédante et très catholique. Il aimait conduire de puissantes voitures étrangères et en possédait plusieurs. Il n'avait pourtant pas en lui cette arrogance qui caractérise les jeunes gens de sa condition. J'entends encore Domingo : « Ce garçon avait de la noblesse. Il était bon, profondément bon, je t'assure. Et pourtant, un soir, il a tué. » On n'a jamais su pourquoi, ni comment, ni avec quoi. Cette nuit-là, les gardes civils d'un village voisin furent réveillés par un type qui frappait à leur porte. Un type très calme. Quand ils ont ouvert, tout de suite, ils ont reconnu Alfonso. Celui-ci a simplement dit : « J'ai tué un homme. Il est mort. Je vais vous conduire. »

A quelques kilomètres de là, on retrouva un individu au milieu d'un champ. Il avait une plaie profonde sur le front. Son regard était déjà rentré dans la terre. « Quand on lui demanda comment les choses étaient arrivées, Alfonso n'expliqua rien, poursuivit Domingo. Il dit seulement : " Je l'ai tué de cette main, celle du diable. " Je ne te l'ai pas dit, mais Alfonso était gaucher. » Le jeune homme fut jugé. Durant le procès, il conserva le silence, précieusement, en lui. On observa seulement qu'il gardait la main gauche dans la poche de sa veste. Au premier rang dans le prétoire étaient assis tous les membres de sa famille. Jamais il ne leur adressa une parole ou un regard. On le condamna à une longue peine de réclusion sans que personne ne sût ce qui s'était passé la nuit du meurtre. Et puis, avec le temps, tout le monde oublia l'affaire. Alfonso, lui, était en prison. C'était un détenu irréprochable comme il avait été un enfant modèle. Ses compagnons de cellule lui avaient donné un surnom, *« El Zurdo »*, « Le Gaucher ». A cause du procès, bien sûr, des articles de presse qui l'avaient accompagné, et aussi parce que, pendant les promenades, Alfonso gardait en permanence la main gauche dans le dos. Elle semblait accrochée, rivée au vêtement, tenue à l'écart du monde et de la lumière. Quand il se retrouvait seul en cellule, Alfonso redoublait de précautions. Avec un bout de tissu, il s'était confectionné une sorte de menotte dans laquelle il enserrait son poignet gauche, attaché dans le dos au passant arrière de son pantalon. Et il vivait ainsi, entravé, contraint, le jour et la nuit, la nuit et le jour. Au début, les surveillants ne cessaient de l'observer par le judas de la porte. Et puis, là encore, au gré des mois et des années, chacun s'était habitué à le voir vivre d'une main. Cela ressemblait trop à une pénitence, une expiation, pour que l'on envisageât toute autre hypothèse. « Un type qui l'a visité à cette époque-là, continua Domingo, m'a dit qu'il ne pourrait jamais oublier cette vision. Alfonso était assis des heures entières, immobile, silencieux, la main dans le dos. A la longue, son corps lui-même s'était tordu. Pourtant, je t'assure que derrière ce visage, surtout quand il vous regardait, on sentait qu'il se passait des choses terribles, des choses qui dépassent l'homme. » Au bout de quinze ou vingt ans, Alfonso fut libéré. Il ne parlait toujours pas. Tout juste répondait-il aux questions par oui ou par non. Ses expressions et ses traits étaient ceux d'un homme vieilli. Mais usé de l'intérieur, desséché par les rigueurs d'une ascèse aride. Il avait laissé en cellule son visage d'adolescent. De sa détention, il avait gardé l'habitude de vivre avec le bras gauche derrière le dos. Il ne portait maintenant plus de lien tant cette position lui était devenue naturelle. Il utilisait exclusivement sa main droite. A table, on lui coupait sa viande, on lui pelait ses fruits. Et lui ne disait toujours rien. Ni merci. Sans émotion apparente, il vit ses parents s'éteindre auprès de lui et ses frères consolider leur famille en multipliant les enfants. Il vit aussi le monde changer autour de sa maison. Lui demeurait le même, la parole cousue dans la bouche et la main dans le dos. Il habitait la maison familiale avec une gouvernante pour seule compagnie. Un jour, sans doute lassée de vivre avec une ombre, celle-ci s'en alla. Pendant les deux jours qui suivirent, personne ne vit Alfonso. Au matin du troisième, un de ses frères se rendit chez lui. Il ne trouva personne dans les chambres et les salons. Alfonso était dans la grange. Pendu au bout d'une corde. Sa main gauche, à nouveau ficelée dans le dos, était déchiquetée par un coup de carabine. On ne retrouva jamais d'arme à feu dans la maison.

Aujourd'hui, j'ai encore dans la tête les derniers mots de Domingo :

« Maintenant que tu connais l'histoire d'Alfonso, tu ne l'oublieras plus. Et tu verras que toi aussi, un jour, tu la raconteras. C'est une histoire faite pour ça, pour être racontée et encore racontée.

« Tu vois, à gauche, les lumières de Gibraltar ? Elles sont anglaises. Tu vois, maintenant, sur la droite, les lueurs espagnoles de *la Linéa de la Concepción* ? Où est la différence ? Il n'y en a pas. Même si on les a séparées avec une frontière. Les deux servent seulement à éclairer les rues pour que les hommes passent. Les deux s'éteignent avec le jour. »

Domingo rentra au salon. Il y avait un piano au fond, avec, posées dessus, une boîte de bonbons, des fleurs coupées dans un vase ébréché, et la photo d'un enfant caché dans un monde manchot.

BIBLIOGRAPHIE

Simon LANGFORD : *The Left-Handed Book,* Granada.

Étienne BOLTANSKI : *Dyslexie et dyslatéralité,* « Que sais-je? », P.U.F., 1982.

Martin GARDNER : *L'Univers ambidextre,* Seuil, Paris, 1985.

Collectif : *Main droite, Main gauche,* publication de l'Institut d'étude des relations humaines, P.U.F., Paris.

Vilma FRITSCH : *La Gauche et la droite,* Flammarion, Paris, 1967.

Henry HECAEN : *Les Gauchers,* P.U.F., Paris, 1984.

René ZAZZO : *Les Jumeaux, le Couple et la Personne,* Paris, 1960.

Marcel GRANET : *Études sociologiques sur la Chine* (la droite et la gauche), Paris, P.U.F., 1953.

HECAEN et ANGELERGUES : *La Cécité psychique,* Masson, Paris, 1963.

Robert HERTZ : « Mélange de sociologie religieuse et de folklore (prééminence de la main droite) », Alcan, 1928, *Revue de philosophie,* 1904, 1909.

BIERVLIET VAN : « L'Homme droit et l'Homme gauche », *Revue de philosophie,* 1899.

L. T. DAYHAW : « De la préférence naturelle chez l'homme », *Revue universitaire,* Ottawa, 1951.

S. J. DIMOND, D. A. BLIZARD : *The Evolution and Lateralization of the Brain,* The New York Academy of Sciences.

HECAEN et APURIAGUERRA DE : *Les Gauchers, prévalence manuelle et cérébrale,* P.U.F., Paris, 1963.

Compte rendu analytique
d'un sentiment désordonné
Fleuve noir, 1984

Tous les matins je me lève
Robert Laffont, 1988
et « Points », n° P118

Maria est morte
Robert Laffont, 1989
et « Points », n° P1486

Les poissons me regardent
Robert Laffont, 1990
et « Points », n° P854

Vous aurez de mes nouvelles
Grand Prix de l'humour noir
Robert Laffont, 1991
et « Points », n° P1487

Parfois je ris tout seul
Robert Laffont, 1992
et « Points », n° P1591

Une année sous silence
Robert Laffont, 1992
et « Points », n° P1379

Prends soin de moi
Robert Laffont, 1993
et « Points », n° P315

La vie me fait peur
Seuil, 1994
et « Points », n° P188

Kennedy et moi
prix France Télévisions
Seuil, 1996
et « Points », n° P409

L'Amérique m'inquiète
« Petite Bibliothèque de l'Olivier », n°35, 1996

Je pense à autre chose
L'Olivier, 1997
et « Points », n° P583

Si ce livre pouvait me rapprocher de toi
L'Olivier, 1999
et « Points », n° P724

Jusque-là tout allait bien en Amérique
L'Olivier, 2002
et « Petite Bibliothèque de l'Olivier », n°58, 2003

Une vie française
prix du roman Fnac, prix Femina
L'Olivier, 2004
et « Points », n° P1378

Vous plaisantez, monsieur Tanner
L'Olivier, 2006
et « Points », n° P1705

Hommes entre eux
L'Olivier, 2007

IMPRESSION : BRODARD ET TAUPIN À LA FLÈCHE
DÉPÔT LÉGAL : JANVIER 2008 N° 96959 (44176)
IMPRIMÉ EN FRANCE